13歳のシーズン

あさのあつこ

KOBUNSHA

光文社

目　次

パンダの鏡

——茉《ま》里《り》

驚いた。まだ、胸がどきどきしてる。中学に入学して、まだ、一月《ひとつき》もたたないのに、こんなことってあるんだ。それも、わたしみたいな女の子に。

制服の胸ポケットから、手鏡を取り出してみる。中学入学のお祝いにって、お姉ちゃんがプレゼントしてくれた。パンダの絵がついた丸い小さな鏡。二つに折りたためるようになっている。

「女の子はね、茉里、鏡をいつも持ってなくちゃだめなの。おしゃれのためだけじゃなくてね、鏡に顔を映して、『うん、今日もばっちり、きれいだ』って気合を入れるんだよ。髪の毛がぼさぼさだったり、眉《まゆ》の間にしわがよったり、暗い顔してたら、かっこ悪いでしょ。そういう時は、鏡にむかって、かっわいい笑顔、作ってみるんだよ」

今年、二十歳になるお姉ちゃんは、そう言って、パンダの手鏡をくれた。包装紙は赤い花模様で、赤いリボンまでしてあった。新宿のファンシーグッズ専門の店で、選んでくれたのだ。わたしは、ありがとうって答えた。ちょっと、泣きそうになった。お姉ちゃんの気持ち、嬉《うれ》しくないわけじゃない。でも……。

鏡じゃなくて、他《ほか》のものだったら、シャープペンでも手帳でも小さなアクセサリーでもいい、他のものだったら……なんて、考えてしまった。考えた自分が嫌《いや》だった。暗い顔してるだろうなと思った。

お姉ちゃんは美人だ。ぱっちり二重《ふたえ》だし、顔、小さいし、鼻筋もすっとのびている。女優さんみたいだ。頭もいい。都内の有名私立大学の二年生。お姉ちゃんなら、鏡に自分の顔を映して、『うん、今日もばっちり、きれいだ』って、気合を入れられる。でも、わたしは……わたしは、だめだ。顔も鼻も丸い。色は白いけど、そばかすが浮いている。なにより、目がいや。一重《ひとえ》で細い。鏡を見るたび、ため息が出る。気合なんて入れられない。そんな気持ち、お姉ちゃんにはわからないんだ。そう思ったら、ちょっとだけ悲しかった。

パンダの鏡は入学式の日から、ずっと胸ポケットに入れたままだ。取り出したのは今日が初めて。

四月の終わり。花から若葉へ、木々の季節が移ろうとしている。学校の帰り道、時刻は、もう四時を回っただろうか。空はまだ、明るくて美しい青だ。街路樹にもたれかかって、鏡を覗《のぞ》き込んでみる。

丸い鼻、そばかす、細い目。わたしの顔がある。どこも変わっていない。いや、頬《ほお》がいつもより赤いみたいだ。薄いピンク色をしている。笑ってみた。ピンクの頬が、ぷくっと動いた。

「あの、えっと……急にで悪いけど、おれと付き合ってくれない」

苅野《かりの》くんの顔が浮かんだ。声が聞こえた。さっき、帰ろうとしたら呼び止められて、靴箱の所でそう告白された。びっくりした。本当にびっくりした。苅野くんは、一年三組の男子の中でも、女の子に人気がある方だろう。小学生の時からもてていたらしい。すごく、かっこいいってわけじゃないけど、人懐っこい笑顔と運動神経抜群なのがいいよねって、同じ班になった栗坂《くりさか》さんがしゃべってた。

その苅野くんが、わたしに付き合ってくれだって。それって好きだってことなのかな。そんなこと、あるんだろうか。鏡の中から、わたしがわたしを見つめている。

わたしのどこが好きなの？　わたしの何が好きなの？

聞いてみたかった。つまらない平凡な女の子でしかないわたしに、苅野くん、なぜ、付き合ってほしいと思ったの。わたしには、わからなかった。答えを教えてほしかった。

「藤平《ふじひら》さん」

後ろから呼ばれた。とびあがるほど、びっくりした。鏡が、手から滑《すべ》り落ちる。舗道の上で、鮮やかな音をたてて砕けた。

「あっ」

声が二つ重なる。一つは、わたし、そしてもう一つは……。

「綾部《あやべ》さん」

クラスメートの綾部深雪《みゆき》さんだった。わたしが、ぼんやりと立っている間に、綾部さんは手際よく、鏡の破片をひろい集めてくれた。ふっといい香りがした。コロンじゃない。さらりと爽《さわ》やかな香りだ。

「ごめんね、藤平さん。驚かすつもりなかったのに……」

パンダの鏡は、きれいに三つに割れていた。わたしは、ティッシュで鏡を包むと、胸のポケットにしまった。綾部さんと目が合う。

きれいだなと思った。さらっとした短い髪。日に焼けた、でも、なめらかな肌。瞳《ひとみ》は黒と紫の中間のような不思議な色をしている。同じ中一には見えない。きれいだ。きれいで大人っぽい。見つめられると、どきどきする。わたしは、鏡のかけらを探すふりをして下をむいた。

綾部さんの手がのびてわたしの髪にさわった。

「これ、気になって声かけたんだけど、悪かったね」

綾部さんは、わたしの目の前で小さな薄緑の葉っぱを振ってみせた。街路樹の葉だ。いつのまについていたんだろう。気がつかなかった。わたしは、髪に葉っぱをのせたまま、鏡を覗き込んでいたんだ。そこを綾部さんに見られた。恥ずかしい。うつむいたまま、顔が上げられなかった。

「緑の方がいいよね」

綾部さんが、ぽつっと言う。独《ひと》り言《ごと》みたいな言い方だった。

「え?」

「ほら、みんな、紅葉《こうよう》がきれいとか言うでしょ。でも紅《あか》い葉っぱって、何か年寄りくさくない?」

うなずいていた。紅葉を年寄りくさいとは思わないけれど、散っていく前の紅が哀《かな》しいなとは感じていた。わたしは口をもぐっと動かして、呟く。

「年寄りくさいっていうより、あの……うん、若葉の方が好きで……」

「じゃ、藤平さんにプレゼント」

若葉というには、幼《おさな》すぎる小さな葉っぱが手にのった。綾部さんと、ちゃんと口をきいたのは初めてだ。

綾部さんは、よく頬杖《ほおづえ》をついて、教室の窓から外を見ている。とっつきにくいと言う人もいたけれど、その横顔は、いつも何かを一心に考えているように、わたしには思えた。

何を考えているんだろうと、少し気になった。気になっただけだ。「何、考えてんの？」なんてさらりと尋《たず》ねたりできない。クラスメートというだけのほとんど見知らぬ相手に、気安く声をかけるなんて、わたしには無理だ。それに綾部さんだけは近よりがたいというか……悪い意味じゃなくて、一人できりっと立っている印象がある。こんなふうに突然に口をきくなんて、想像もしていなかった。

「鏡、弁償《べんしょう》しなくちゃね」

綾部さんが、ふっと息をはいて言った。わたしは、頭を何度も横に振った。くらくらするほど、振った。

「弁償なんて……いいよ。わたしが、ぼんやり鏡見てたのが……あっあの、鏡見てたのはね、今日、あの、苅野くんに告白されてね……」

舌が上手《うま》く回らない。頬が熱い。

「苅野くんに？　へぇ、付き合うの」

「え？　わかんないよ……でも、少し嬉《うれ》しくて。あっ、苅野くんが好きとかじゃなくて……わたしって、全然、目立たないのに告白してくれて……そういうの、ちょっと嬉しいというか……」

何を言ってるんだろう。ろくに話もしたことのない綾部さんに、何しゃべってるんだろう。焦る。綾部さんが首を傾げた。

「そうかな。藤平さんてわたし個人的には、けっこう目立つ人なんだけどな」

「え?」

「花の水かえとか黙ってやってるでしょ。ゴミなんか落ちてたら、ちゃんと拾ってゴミ箱に捨てるし、何かすごいなって見てたよ」

わたしは口をぽかんと開けて、綾部さんを見つめていた。水かえ? ゴミ捨て? そんなことを見てた人がいたんだ。

綾部さんが、ふいに、笑顔になる。じゃあと手を上げて背をむける。そのまま、夕方の雑踏《ざっとう》にまぎれていった。わたしの鼓動《こどう》が速くなる。

茹野くんと綾部さん、二人のクラスメートに、今日、声をかけられた。告白された。すごいと言われた。すてきな一日だと思う。心が弾《はず》む。

パンダの鏡はこわれちゃったけど、わたしの気持ちは、これから始まる季節のように、明るくて澄《す》んで高鳴っていた。

家に帰ると、母さんが台所のイスに独り、座っていた。ただいまと言ったけど、返事はない。

「母さん？」

もう一度、声をかける。母さんの目がわたしを見る。いぶかしむように、細められた。さっきまで、あんなに浮き立っていた気持ちが冷えていく。

「母さん、わたし、茉里だよ」

「え……ああ、茉里ね。ぼーっとしてた」

「また、気分悪いの」

母さんは笑おうとして、顔を歪《ゆが》めた。息をつく。母さんは、もう半年以上、心身の調子を崩《くず》していた。眩暈《めまい》、発熱、しびれ……いろんな症状を訴えている。病院では、更年期《こうねんき》症状だと言われたそうだ。母さんぐらいの年齢の女性には多いらしい。

「時が薬だな。まずゆっくり休め」

父さんはそう言って、まめに家事をしている。お姉ちゃんもがんばっている。

わたしも手伝う。じたばたしながら、みんな何とかやっている。家の中が暗くならないように、努力しているのだ。

でも、わたしは気づいてしまった。

母さん、この頃、わたしのこと、見えてない。たまにだけれど、見えていない。声をかけても、誰？という表情をする。すぐに、あぁ茉里ねと微笑《ほほえ》んではくれる。でも、そのたび、わたしは足元に底なしの穴が開く気がする。母さんの中で、わたしの存在が徐々に薄くなっているみたいで怖い。

「春奈《はるな》も来年、成人式だし、振袖《ふりそで》つくってやろうと思って」

母さんの指が雑誌の着物のページをなぞる。春奈、春奈。お姉ちゃんの名前だ。母さんの中で、お姉ちゃんは、いつも鮮やかだ。見えなくなることはない。

わたしは、胸のポケットに手をやった。鏡の感触を確かめる。苅野くんや綾部さんの言葉を思い出す。

「おれと付き合ってくれない」

「何かすごいなって見てたよ」

ポケットの中で、三つに割れた鏡は、なぜか、温《あたた》かく息づいているように感じられた。心がふっと軽くなる。窓の外に目をやると広い空と風にゆれる若葉の枝が見えた。

真昼の月

——深《み》雪《ゆき》

店内は混雑していた。ほとんどが、女の子。たまに、男の子もいるけど、みんな場違いな所に来たって顔をしている。カノジョにでもひっぱられて、いやいやついてきたみたいだ。ロン毛の背の高い男の子と目が合う。にっと笑って、手なんか振ってくる。もちろん、無視。はっきりいって、うざい。きっと、私のこと高校生だと思ったんだろう。

五月の最後の日曜日、当然、私服を着ている。私服のときに、私が実年齢の十三歳に見られることは、ほとんどない。今日は、黒いロゴTシャツに同色のストレッチパンツなんて格好だから、よけい、老《ふ》けて見えるのかもしれない。でも、この店にわんさかいる女の子たちのように、ちかちかする原色のキャミだの、超ミニのチェックスカートだのを身に着ける気にはどうしてもならない。

嫌いだ。フリルやリボンも嫌い。ママにはよく嘆《なげ》かれた。

「深雪、もうちょっと女の子らしい服装してよ」

花、宝石、香水、レース……ママはかわいいものや美しいものが大好きだ。ママにとっての、『女の子』って、ふわふわしていてかわいい、おしゃれな生き物のことらしい。だから、私の短い髪も、いつも洗いざらしのジーンズをはいていることも、無愛想なことも気に入らない。しようがないと思う。ママの気に入るように生きていたら、息苦しい。息苦しい生き方をするより、ママに嘆かれる方が、ずっとましだ。

私は、小物グッズ専門の店内を見回した。ビーズブレス、メイク用品、スカーフ、コサージュ……それこそ、『女の子らしい』品がずらりと並んでいる。こんな店に来ることは、めったにない。今日は特別だ。ここなら、あの鏡を売っているような気がしたのだ。藤平さんの手鏡。たしかパンダの絵がついていた。私が割ったみたいなものだから、弁償しなくちゃいけない。藤平さんの髪の毛に飾りのようについていた葉っぱが気になって、声をかけた。あんなに、びっくりするとは思わなかった。鏡を覗いているとも思わなかった。クラスの女の子たちは集まって、しょっちゅう鏡を覗いたり、髪をとかしたり、リップをぬったりしている。でも、藤平さんがそういう人たちといっしょにいることは、めったになかった。人と話をするのが得意じゃないみたいで、たいてい、にこにこしながら、他人の話を聞いている。聞き上手なんだろう。なんか、ぽわんとした雰囲気を感じる。ママのいう女の子らしさとは違う、柔《やわ》らかさみたいなもの、感じるんだ。そういうの、なんて言葉で表せるんだろうか。

「ねっ、カノジョ、ひとり?」

耳元で声がした。さっきのロン毛男だ。妙に馴れ馴れしい笑みが口元にはり付いている。私は鏡を握りしめて、レジに向かった。

「ねっねっちょっと。ひとりなんでしょ?　どう、ランチのおいしい店あるんだけど」

「けっこうです。私、連れがいますから」

「ツレ？　へーどこにぃ。そんな、嘘《うそ》つかなくてもいいじゃん」

肩に手をおかれる。タバコとコロンの臭《にお》いが鼻につく。気持ち悪い。手を払いのける。ロン毛男は、私が鏡の代金を払おうとしたとき、五千円札を取り出した。

「おれが、買ってあげる」

「冗談やめてください。自分で払います」

しつこい。気持ちが悪い。うんざりする。そのとき、後ろから腕をひっぱられた。

「深雪、おまたせ。遅くなってごめん。行こう」

ぐいぐいひっぱられる。店を出て、走り出す。数軒先のカフェテラスの前まで走った。

「苅野くん……」

苅野くんは私の腕から手を離し、にっと笑った。

「正義の味方、苅野真吾《しんご》登場、なんちゃってね」

「助かった……ありがとう。あっ、鏡」

「え？」

「鏡、買おうと思ったのに、レジに置いてきちゃった」

「えっ、どうする？　取りに戻る？」

私はしばらく考え、頭を横に振った。

原色の女の子たちとロン毛の男のいる店に戻る気はしない。

「いいや。あれ、ほしかった鏡とビミョウに違うし……」

「鏡？　ちょっと驚きだな」

「なにが？」

「綾部が鏡なんかほしがるのって、なんか意外だよな」

「どういうこと」

「だって、女の子っぽいものって、あんまし好きじゃないってキャラじゃん。違う?」

苅野くんって思ったことをそのまま口にしてしまう性格らしい。それに、〝綾部〟だって。いくらクラスメートといっても、そんなに、いや、まったく親しいわけじゃない苅野くんから、いきなり呼び捨てにされて、私は少し不快だった。

入学直後の硬さこそなくなったけれど、五月の今、クラスの中には、まだどことなくよそよそしい雰囲気が残っていた。何気なく相手のことを探るような視線や言葉が教室のあちこちで交わされている。もちろん、誰かれかまわず呼び捨てにして、陽気にはしゃぐ人たちもいた。苅野くんもそうなのだろう。明るくて単純で楽しい。そんな人たちにとって、呼び方なんてこだわるほどのもんじゃないのかもしれない。だけど、私はいやだった。「さん」や「くん」をつけないで呼び合える関係ってそんなに簡単に作れない気がする。考えすぎかもしれない。でも、ほとんどなにも知らない人間の名を呼び捨てて笑い合うことなんて、私にはできなかった。軽く肩をすくめてみせる。

「苅野くんこそ、なんで、あんな店にいたわけ？　カノジョへのプレゼントでも選んでた？」

もしかして、藤平さんへのプレゼントでも探してたのかもしれない。

ふっと閃いた。

今度は苅野くんが肩をすくめる。

「まっさかあ。おれ、カノジョなんていませーん。あっそうだ」

苅野くんの指が、私の手首をつかんだ。

「鏡、買うなら、いい所がある」

私の返事をまたずに、ずんずん歩き出す。

細い路地に入って、ビルの間を歩き、赤レンガの四階建ての建物の一階、木製のドアを押す。ふわっと甘い匂いがした。熟《う》れた果実の匂いににている。私は息を呑んだ。

中は、うちのダイニングぐらい、六畳ほどの広さだった。中央に大きなテーブルがあって、その上に、いくつもの箱が無造作におかれていた。覗き込む。石だった。深紅、青、白、緑のしま、透明に近い紫、小さな色とりどりの石が、それぞれ箱に入っている。どれもきれいだった。

「ほら、これ」

ガラス戸だなの中から、苅野くんが、小さな鏡をとりだした。真っ青な石の台に埋め込まれた丸い鏡。真昼の空に浮かんだ月のようだ。深く鮮やかな青色が目に染《し》みる。

「きれい」

「だろ。鏡ってのは、だいたいお守りとして持っとくんだってよ。魔よけになるらしいぜ。青の石もそうらしい。強烈魔よけのコンビってわけ」

「苅野くん。なんでそんなこと知ってるの?」

私が尋ねた時、部屋のすみにあるドアが開いた。隣の部屋に通じているらしい。二十代らしい女の人が出てきた。部屋の中に向かって頭を下げ、黙って、私たちの横を通りすぎて外に出て行く。

「なに、あの人？」

「うん？　ああ、お客」

「お客って？　ここ、お店？」

「うん、おやじの店」

「お店って、この石を売ってるの？」

「いや、これはおまけみたいなもんで、おやじ、占いをやってるんだ」

「占い！」

「そんなにびっくりするなよ。まあ、かなり特殊な商売じゃあるけどさ。さっきもここからの帰りに、偶然、綾部を見つけたんだけど」

「そうなんだ。じゃあ、この鏡も売り物？」

「そうそう。買う？　さっきのより、綾部には似合ってる気がするけど」

「いくら？」

「千円」

「商売上手だね」

苅野くんが笑う。くったくのない笑顔だ。爽やかっていうんだろうか。看板も出ていないあやしげな店とは、あまりに不釣り合いだ。

私は、手のひらに鏡をのせてみた。魔よけと呟いてみる。魔なんか信じない。神様も信じない。でも、青の美しさにひかれた。海の青とも空の青とも違う。硬くて冷たく美しい石の青色だ。

「買おうかな……プレゼントにするつもりだったんだけど、なんか、自分でほしくなっちゃった」

「まいど。へっ？　誰にプレゼント？」

「藤平さん」

「藤平って……うちのクラスの？　へぇ、仲良かったっけ？」

苅野くんの口調は、あっさりしていた。あまりにあっさりし過ぎている。ちょっとひっかかった。

「苅野くん、藤平さんに告白したんでしょ」

「へっ、なんで知ってんだよ」

「まっ、いろいろとね」

曖昧に、ごまかす。

「あちゃちゃ。あれ、罰ゲーム」

「罰ゲーム？」

「そう、おれ、友達とゲームやって負けちゃって、罰として靴箱んとこで女の子に告《こく》らなくちゃいけなくなってさ。しかも制限時間付き。しかもしかもそれがたった十五分だぜ。チョーやばいって感じだろ。そしたら藤平がたまたまいたもんだから、声、かけたわけ」

頭の中が一瞬、白くなった。街路樹の下で、頬をそめていた藤平さんの顔を思い出す。

「へんなうわさとか、なってねえよな。あの時、〝告って罰ゲーム！〟ってのが流行《はや》ってたんだ。今は、職員室で先生と三十分以上、しゃべってくるってのが流行。これ、告るのよりきつくて」

苅野くんの頬を思いっきりぶっていた。硬い肉の手ごたえが、手のひらに伝わる。

「最低、最低人間」

叫んでいた。飛び出す。

悔しい。なんで他人を傷つけることに、鈍感でいられるの。無責任でいられるの。最低だ。ほんとうに最低の男だ。

苅野くんだけじゃない。

「深雪、ママのこと頼むよ」

パパの声がふっと聞こえた。離婚が決まったとき、十歳の私にパパはそう言った。あのときは黙っていた。今なら、言う。

自分で責任の取れないこと、子どもにおしつけないでよ。無責任だよ、パパ。ひきょうだよ、パパ。最低だよ、パパ。

昼さがりの空の下、私は、ビルの谷間の見も知らぬ道を大またで、歩いていった。

ランニング・ロード

——真《しん》 吾《ご》

テレビから、加藤《かとう》ミリヤの新曲が聞こえてくる。おやじがビールを飲みながら、足の先でリズムをとっていた。AKB48や浜崎《はまさき》あゆみの曲は、どーにも手に負えないが、加藤ミリヤなら、どうしてだか、ついていけるらしい。四十過ぎたおっさんにしては、りっぱかな。

運動神経とリズム感と言語能力の発達は、一致するというのがおやじの持論だ。生まれてくるのが早すぎて、Jリーガーになれなかったというのは、酔った時のグチ。高校時代、国立競技場でプレーしたっていうのは、単なる自慢話。耳にタコができるほど聞かされた。

ようするに、サッカー選手として抜群の運動神経をもっていたおやじは、リズム感も言語能力も優《すぐ》れていると言いたいのだろう。十三歳のおれから見れば、かなり無理してるって感じはする。

加藤ミリヤの歌を聞きながら、ランニング・シューズに足をつっこむ。

「おっ、真吾。ランニングか」

おやじがひゅっと口笛をふいた。

「がんばれよ。走るのは、どんなスポーツでも基本だからな」

曖昧な返事をして外に出る。マンションの三階。エレベーターは使わない。階段をかけおり、そのまま、夜の道を走る。明日から雨が続くと天気予報が伝えていた。雲におおわれているのか、空に星は見えない。生暖《なまあたた》かい夜だ。

おれは、走るのが好きだった。足腰をきたえるとか、精神力を養《やしな》うとかのためじゃなく、ただ、単純に走るのが好きなんだ。短距離より長距離のほうがいい。将来は箱根《はこね》駅伝に参加して、走ってみたい。夢といえるかどうかわからないけど、ともかく走ってみたい。だから、このごろ、おやじが少しうっとうしい。かっこつけて言えば、おやじの期待が重い。うざいんだ。

おやじは、今、隣の市で占い師をやっている。あやしげな商売だけど、けっこう繁盛《はんじょう》しているらしい。国立競技場でプレーした選手と占いが、どこでどうつながったのか、おれは知らない。おやじが、一切《いっさい》しゃべらないからだ。おふくろも何も言わない。おれも聞かない。聞いてみたいと思う程、おやじの過去に興味はなかった。ただ、父親としての期待というか、一人息子のおれに、サッカーをやらせたいという思いだけは、びしびし伝わってくる。自分の果たせなかった夢を息子に託《たく》すってパターンかな。おれが、わりに運動神経がいいってのもおやじの期待を膨《ふく》らませたらしい。けど、そういうの「かんべんしてくれよ」って感じだ。冗談じゃない。おれは、国立競技場より箱根なんだよな。

頰に冷たいものがあたった。水滴《すいてき》が流れていく。雨だ。案外、早くきた。頰をぬぐう。

最低、最低人間。

綾部深雪の声がする。ぶたれた頰が、また、びりっと痛んだ。ぶたれた時、正直、びっくりした。それから、腹がたった。罰ゲームの告白ごっこなんて、だれでもやってる。定期的に流行るらしい。女の子にどのくらいもてるか仲間に見せつけるって意味もある。女の子に、後で「ごめん。あれ、ゲーム」って謝る。マジで怒るやつもいたけれど、たいていは許してくれた。

バナナクレープとかチーズバーガーとかおごって許してもらう。それが、きっかけで、付き合い始めたやつもいた。誉められることじゃないけど、ぶたれるようなことでもない。それも、本人とは関係ないやつから。

胸が苦しくなる。走ったせいじゃない。心臓よりもっと奥のあたりが縮《ちぢ》こまるような、むずがゆいような、へんな感覚がする。綾部の顔が浮かぶたびに、こんな感じになる。昨夜は、夢にまで出てきた。真っ黒な水着を着ていた。泳いだ後なのか、身体《からだ》中が濡れて、髪の毛の先から水の粒が滴っていた。おれに向かって手を振って、にっこりと笑う。それだけの夢だった。それなのに、目が覚めた時、校庭を何周もした後のように胸が苦しかった。女の子の夢なんか初めて見た。

しかも水着だ。もしかして、おれって、すげぇいやらしい人間？

現実では、綾部がおれに笑いかけることなんか、ない。ほとんど無視。もしかして、綾部はおれのいやらしさを見抜いているのかもしれない。そんなことまで、考えてしまう。考えるのは苦手だ。こんなにいろいろ考えたことはなかった。

暗いだけの空から、雨粒が落ちてくる。頬がほてる。綾部と話がしたい。手を握りたい。ふれてみたい。わけのわからない感情が、次から次にわきでてくる。どうしたらいいのか、どうしたらこの感情をちゃんとコントロールできるのか見当がつかない。

こういうの、おれだけなんだろうか。だれかに聞いてみたい。聞けない。友達なら何人もいるけれど、こんなへんてこな気持ち、聞けないよ。まいってしまう。マジ、かんべん。

おれは、足を速めた。走っていると、だんだん、頭の中が白くなる。ごちゃごちゃ考えていたことが、色あせて、消えていくんだ。その時間が、むちゃくちゃ好きだ。

住宅街を抜けて、大通りに出る。車のライトがまぶしい。雨のせいでいつもより、光が目にしみる。ペースを乱さないように、歩道橋をかけあがる。ここを渡ると公園だ。その周りを一周するのが、いつものコースだった。

あ?

足がとまった。歩道橋の真ん中辺りに、人がいた。歩道橋に人がいても、ちっとも不思議じゃない。だけど、その男は様子がおかしかった。手すりから身を乗り出すようにして、下を覗いている。下は、都心へと続く道路。切れ間なく様々な車が連なっている。おれは、辺りを見回した。こういう時にかぎって、だれも通らない。さっきとは、まったく違う意味で心臓がどきどきしてきた。

ゆっくり、男に近づく。まだ若い男のようだった。黒っぽいトレーナーを着ている。男が、さらに身を乗り出す。

おれは叫んだ。叫んだと思う。わけのわからない声をあげて、男にしがみついていた。意外に軽い。男ごと、後ろに倒れ込む。何の脈絡もなく『おおきなカブ』という劇を思い出した。幼稚園の発表会でやったやつだ。でっかいカブを、じいさんやばあさんや孫がうんこらしょと引き抜く話だった。おれはイヌの役で、本気で力を入れて引っ張ったものだから、作り物のカブごと転がって後頭部をぶつけた。あの時は、舞台だったけど、今は歩道橋の上だ。頭を打った瞬間、目の中で火花が散った。

「いてえ」

声がする。おれじゃない。上半身を起こすと、男が頭をかかえて呻いていた。

「駒木《こまき》……」

おれは、まだちかちかする目を瞬《しばたた》かせて、こっちを向いた男の顔を見つめていた。

駒木千博《ちひろ》だった。同じクラス、同じ班だ。それほど親しいわけじゃない。フツーの関係だ。頭はいいみたいだけど、しゃべって、話が弾むって感じじゃない。休み時間なんか、おれが触ったこともない分厚い本なんか読んでる。読書する男子中学生なんて、いまどき、天然記念物もんだ。それだけで、住む世界が違うって感じがする。

「あ、茹野……なんで……」

「なんでじゃねえよ。なにやってんだよ。こんなとこから飛び降りてみろ、死ぬぞ。ぐちゃぐちゃだぞ」

「死ぬつもりだったんだよ」

あっさり言われた。口が、ぱくっと開く。言葉が続かない。駒木は無言で立ち上がった。耳まで伸びた髪が、雨にぐっしょりぬれている。

「誤解すんなよ」

駒木はトレーナーのそでで、顔をぬぐった。

「おれのことじゃないぞ」

「じゃ、だれだよ。ふざけんな。おまえ、今、飛び降りようと」

「おやじだよ」

駒木は吐き捨てるように言った後、ふいに、おれの胸ぐらをつかんで、引っ張った。すげえ乱暴な動作だ。どっちかというと、温和なイメージの駒木だっただけに、少しびびった。

「見ろよ、あれ」

駒木の指差す方向に目をやる。手すりの向こう、一〇センチほど突き出たところに、四角いものが見える。

「財布?」

「おやじの定期入れ。酔っ払ってここから飛び降りようとしたはずみに、落としちまったんだよ」

また、口がぽかんと開いた。おれは、舌の先で下唇《くちびる》をなめた。落ち着こうとすると必ず唇をなめてしまう。小さいころからの癖だった。おふくろにはみっともない悪癖だと散々、謗《そし》られている。

「おやじって……おまえのおやじがか？」

「おれのおやじがだよ」

駒木はそう言った後、ぐっと口元をひきしめた。他人の表情から気持ちを読み取るなんてこと苦手中の苦手だけれど、今の駒木の気持ちは、手にとるように理解できた。

しまった。余計なこと、しゃべっちまった。

駒木の表情が露骨にそう告げていたのだ。しばらく、おれたちは無言のまま顔を見合わせていた。雨のせいで、からだ全部がしっとりとぬれ、寒い。

ふいに、駒木が背を向けた。

「じゃあな」

「じゃあなって、おい、待てよ。どーすんだよ、定期」

「もういい。確かに危ないもんな。必死こいて取るほどのものじゃない」

駒木はひらっと手を振ると、歩き出した。おれは、その背中を馬鹿みたいに、見つめていた。頭の後ろ側が、ずきずきする。さわると、こぶができていた。こぶをさすりながら、手すりの向こうの定期入れに目をやる。駒木は、本当にこれを取ろうとしていたのだろうか。あんな不安定な格好で、手を伸ばせば、バランスを崩《くず》して、そのまま落ちてしまうと考えなかったんだろうか。

ぞっとした。駒木の態度に腹がたつ前に、背中がぞっとした。唾を呑み込む。

駒木の背中は、もう見えなくなっていた。

ざわめく若葉

――千《ち》博《ひろ》

頭が痛い。目を開けると、白い天井が見えた。起きあがる。汗をかいていた。六月の第三日曜日、朝から、真夏を思わせる暑さだ。

時計を見て驚いた。もう、午後の三時に近い。ちょっと昼寝をするつもりが、一時間近く寝てしまった。

四時から、塾がある。数学のプリントの宿題が出ていた。まだ、やっていない。やる気は、まったく起きなかった。このごろ、だるい。身体も気持ちも、伸びきったゴムみたいに弾力を失い、だらりとさがっている。塾のセンセイに、この前、怒鳴られた。

「駒木、私立の入試に失敗したぐらいで、いつまで、うじうじしてる。三年後には高校入試がまってるんだぞ。いいかげん、気持ちを切り替えろ」

頭を下げたまま返事はしなかった。つまんないこと言うなぁと、心の中で呟いていた。

私立の鵬南《ほうなん》学園中学の受験に失敗したのは、今年の初めだった。合格確実と言われていたから、ショックじゃないと言えば嘘になる。だけど、いつまでも、引きずるようなショックじゃなかった。もともと上昇志向の強い方じゃない。がむしゃらにがんばるタイプでもない。中学入試に失敗したのなら、高校に入る時、ひとがんばりするか程度の切り替えは、できる。できるはずだった。

目を閉じる。また、あの光景が浮かんできた。

歩道橋の手すり、白いワイシャツの背中、車のヘッドライトの流れ……。

もうひと月も前になる。夜だった。青葉の匂いが闇の中に満ちていて、なんとなくむずむずするような季節だった。

塾の帰り、少しゆっくりと歩いていた。空気自体がとろりと甘く、気持ちよかったのだ。自然と足取りが緩《ゆる》やかになってしまう。いつもより、ずいぶんと遅くなっていた。入試に失敗したことで、塾のセンセイから、『これからの心構え』なるものについて、長々と説教されていたのだ。正直、うんざりしていた。励ましたり、怒ったり、おだてたり、大人って、ほんと世話好きだと思う。母さんもそうだ。へんに優《やさ》しい。へんに気を遣《つか》っている。

「これで一生が決まるわけじゃないもんね。ゆっくり、のんびりの方が案外、成功するかもよ、ねっ」

なんて、微笑んだりする。なんか、おかしい。がんばれ、今、がんばる時だからと、ぼくを励まし続けていたのは母さんだった。母さんのこと、嫌いじゃなかった。嫌いじゃないから、受験に失敗したぐらいで、言うことをころころ変えてほしくなかった。そんなふうに、気遣われてもうっとうしいだけだ。この人のこと信用できないってふっと思ったりしてしまう。失敗しても成功しても、どこに入学しても、どんな生き方していても、変わらない母さんでいてほしかった。そんなことで変わらない言葉をきっちり言ってくれる人に、側《そば》にいてほしかった。

だから、父さんの態度がすごく、嬉しかったのだ。父さんは、全然、変わらなかった。ぼくが試験に落ちたこと、うんうんとうなずきながら聞いた後、

「そうか、千博もたいへんだったな」

と、呟いた。それから、来週の日曜日、釣りに行くかと尋ねた。釣りは父さんの唯一の趣味だ。ぼくが行かないと答えると、そうかと横を向いた。それだけだった。激励の言葉も説教もなかった。それが、なんだか新鮮で嬉しかった。入試に失敗してから、ぼくの周りは、激励と説教と慰《なぐさ》めの言葉ばかりあふれていたのだ。

ぼくの周りの大人って、みんな同じことを考え、同じことしか言わないんだろうか。そう思うとなぜか、不安で落ち着かない気分になってしまう。だから、いつもと変わらない父さんに、ほっとした。ぼくの胸の中に、わずかに残っていた入試へのわだかまりが、すっと消えていった。

だから、あの夜、塾からの帰りもうんざりしてたけど、へこんではいなかった。青葉の匂いを楽しむ余裕さえあったのだ。

歩道橋を上りきった時だ。前方に人影が見えた。その男は背広を脱ぎ、歩道橋の手すりにかけた。その拍子に胸ポケットから、小さな四角いものが落ちた。男は気づかず歩道橋の下、車のライトの流れを見つめている。ぼくは、そのときにはもう、男が父さんであることに気がついていた。父さんはぼくの前で、手すりに手をかけたまま凍りついたように、動かない。ぼくも動けない。口の中が渇《かわ》いて痛い。汗が出る。

叫ばなくちゃ、父さんて呼ばなくちゃ。そう思うのに、舌が動かない。

呼ばれたのはぼくの方だった。背後で名前を呼ばれた。

「千博くん」

そんなに大きな声じゃなかったけれど、文字どおり飛びあがってしまった。

「茉里……」

後ろには、藤平茉里が立っていた。茉里とは、幼稚園の時からずっといっしょだ。幼なじみというやつ。しかも、今は、クラスメートだった。

ぼくは、どんな顔をしていたのだろう。茉里が笑《え》みをひっこめ、首を傾げる。

「ごめん。驚かせた？　千博くん、黙って立ってるから、どうしたのかなって思って……」

茉里は頬を赤らめ、ぼそぼそとしゃべった。昔から恥ずかしがりやで、すぐ顔を赤くする。ぼくは、茉里が気軽に声をかけられる数少ない人間のうちの一人だった。

茉里も塾の帰りなのか、肩から布製のバッグをさげている。半そでのTシャツからのぞいた腕が、白い。

「べつに、びっくりなんかしてないけど、急に声、かけるから……その」

ぼくは、わけのわからない言葉を呟いてから、振り向いた。

父さんはいなかった。歩道橋の階段を足早に駆け下りていく姿が見えた。全身の力が抜けた。手すりにもたれ、大きく息をついていた。

茉里が、いぶかしげに見つめている。こういうとき、どうしたのとか、何かあったのとか、しつこく聞いてこないのが、茉里のいいところだ。

ぼくは茉里に、なんか頭がふらっとしてと、下手な嘘をついた。

「だいじょうぶ?」

「うん、平気。じゃあ、バイ」

心配そうに見つめる茉里の視線から逃れるように、ぼくは早足で歩いた。汗の冷えた身体が寒い。指の先が微《かす》かにふるえている。

父さんはぼくに気がついて、やめたのだろうか。やめる? 何を? 飛び降りるのをか? もしそうだとしたら、なぜ? 何の理由で……。

父さんはその夜、ずい分遅くなって帰ってきた。少し酔っていた。父さんの帰ってきた気配に、ぼくは深い息を吐《は》いた。安堵《あんど》の吐息《といき》だ。トイレに行くふりをして、父さんと母さんのいる居間に入っていった。

「おっ、千博。まだ、起きていたのか」

「うん。もう寝るけど」

「あんまり、無理するなよ」

「無理なんかしてないよ」

父さん、父さんは無理してるの。さっきは、何をしようとしてたの。尋ねたいことは、あふれるほどあるのに、ぼくは、どう言葉にしたらいいか全然わからなくて、黙ったまま立っていた。こんなとき、学校や塾で習ったことなんかなんの役にも立たない。

父さんは、お茶をすすりながら新聞を読んでいる。いつもの父さんだった。もしかして、ぼくの早とちりだったんだろうか。ふっと、そう思った。そうだ、そうに違いない。暗かったし、ぼくはふだん、メガネをかけるのがいやで、授業中以外は、はずしている。だから、見間違《みまちが》えたのだ。あれは父さんじゃなかったんだ。布団にもぐりこんでから、自分にそう言い聞かせようとした。何度も何度も。けれど、ぼくの中の冷静なぼくが、まさかと首を横に振る。父さんを見間違えたりするもんか、と、ささやく。

息苦しくて、なかなか寝付けなかった。寝返りをうっているうちに、ふっとポケットから四角いものが、落ちたことを思い出した。定期入れだ、多分。

あれを拾いに行こう。拾って、確かめよう。そうしたら、あの男が父さんかどうか、はっきりする。そう決心すると、やっと、とろとろと浅い眠りにつくことができた。

そこまで決心したのに、次の日、ぼくは夜まで行動を起こせなかった。あの歩道橋は、駅に近い関係で、昼間は人が絶えることがない。通行人を意識しながら、手すりの外に奇跡みたいにひっかかっているかもしれない小さな定期入れを拾うなんて芸当、できそうになかった。拾っているところを誰にも見られたくなかった。

結局、人通りの少なくなる夜十時近く、ぼくは、コンビニへ行くふりをして家を出た。

定期入れが、まだ、あの場所にある確率は低いだろう。落ちてしまったかもしれないし、父さん、いや、昨夜の男が拾ってしまったかもしれない。ないならないでいいと思った。ないほうがいいかもしれない。どこかのおっさんが、手すりにもたれてただけだということにして、忘れたらいいんだ。そうしたら、何も変わらない。今までどおりの生活が続くんだ。そのほうが、いいじゃないか。うん、ずっといい。

歩道橋の真ん中で、ぼくは、立ち止まり、手すりの向こうをのぞいた。あった。上半分が茶色、下が黒の定期入れ。友達のイタリアみやげだと父さんが自慢していたやつだ。それを確認したとたん、頭の中が真っ白になった。手を伸ばす。身を乗り出す。危ないとも怖いとも感じなかった。拾わなくちゃと憑《つ》かれたように呟いていた。

苅野に後ろからひっぱられたのは、その瞬間だった。あの時、苅野が止めてくれなかったら、どうなっていただろう。ぞっとする。

茉里と苅野、二日続けてクラスメートに出会い、救われた。なのに、ぼくは茉里はむろん、苅野にさえろくに礼を言っていない。苅野も、ものにこだわらない性質《たち》なのか、何も言わなかった。つっこまれなくて、ほっとしている。頭の中が真っ白くなったまま変なことを口走った。礼やら言い訳やらしなくちゃいけない。わかっているのに気力がわかなかった。父さんは、ほんとに飛びおりるつもりだったんだろうか。ぼくや母さんを残して……。本当のことが知りたい。聞けない。

もうすぐ夏がくる。窓の外、ぎらつく空をながめて、ぼくは、何度もため息をついていた。

ささやかな笑顔

資料室は一階の奥まった場所にある。理科室の隣だ。そのせいではないだろうが、変な臭《にお》いがする。

人の出入りのほとんどない部屋特有の、ほこりっぽい感じとは別に、薬品臭いというか、生臭いというか、ともかく他の教室には無い臭気《しゅうき》が漂《ただよ》っているのだ。ほんの微《かす》かなものではあるけれど。

天井近くに小さなはめこみの窓があるきりで、いつも薄暗い。空気の流れがほとんどないから、臭いがたまってしまうのだろう。

薄暗くて、妙に臭い。おまけにほこりっぽいし、いろんなもの――壁掛け用の世界地図だとか、壊れた地球儀だとか、黄色く変色した書類の束だとか、ネコのぬいぐるみ（どうしてそんなものが、資料室にあるのか誰も知らない）

——がところせましと置かれている。

ここまで条件がそろえば、資料室に来たがる人なんてだれもいない。

ねえ知ってる。資料室ってさぁ、出るんだよね。

出るって、ネズミ？

ちがうよ、幽霊。もう十年ぐらい前に、資料室で自殺した女の子がいるんだって。その子の幽霊が出るらしいよ。その子、失恋して資料室で手首を切ったんだって。それでさ、資料室の真ん中に立ってると、いつの間にか、その子が後ろにいるの。真っ青な顔して、手首から血をしたたらせて。

やだ。けっこう怖《こわ》いじゃん。びびる。

えーっ、あたしが聞いたのは、女の子じゃなくて先生の幽霊の話だけど。資料室で首つって死んだんでしょ。首にひも巻きつけて、舌をだらりと垂《た》らして立ってるって。

それも怖いよ。マジ、びびる。

そんな会話を少女たちは交わし、半《なか》ばおもしろがり、半ば本気で怯《おび》えたりする。少年たちは陰気な場所を単純に敬遠して、近づきもしなかった。

そんなわけだから、資料室の掃除など真面目にやるものはいない。掃除の担当は一年生で、月ごとに各クラスが受け持つ。だから年に二度か三度は、掃除当番が回ってくることになっている。

終業式の前、大掃除の日、茉里たちの班がその当番になった。

「やだなぁ」

資料室に向かいながら、栗坂美希《みき》がため息をつく。

「あたし、あの部屋、ほんと苦手なんだ。入ると、何か寒気とかしちゃうよ」

「えーっ、ミキ。それって、あれじゃない。霊感とかいうやつ。ミキ、霊感、あるんだ」

山草《やまくさ》あかりが妙に上ずった声を出す。

「霊感なんてないと思うけど……」

「だって寒気がするんでしょ。ぜったい、そうだよ」

「やめてよ、あかり。よけい、怖くなるでしょ」

美希とあかりは顔を見合わせ、そのまま黙り込んだ。

茉里たちの班は、茉里と美希とあかりと二人の男子生徒の計五人なのだが、男子二人がそろって今日は欠席している。

「女の子たちだけで、こんな気味悪いところを掃除させるなんて、ひどくない?」

あかりは資料室の前でもう、しりごみをしている。

「藤平さん、開けてくれる」

美希が茉里を見上げてきた。いつものはきはきとした気持ちの良い口調ではなかった。のどの奥に何かがつっかえてでもいるような、かすれた声だ。

「いいけど」

茉里は資料室のドアを開ける。薄汚れた白いドアがするすると横に滑る。思っていたよりずっと軽い手応えだった。

ほこりっぽい。

薬臭い。

生臭い。

いろんな臭いが混ざり合って、鼻をつんと刺激する。

七月だというのに空気はひんやりと冷たかった。

「きゃっ」

あかりが悲鳴をあげた。

「やだあっ、怖い」

口元をおさえ、後ずさりする。

人体模型が置いてあった。体の右半分が裸《はだか》の男の子、左半分がむき出しの筋肉になっている。理科室のすみにおいてあったやつだ。

「やだ、やだ。どうして人体模型がこんなとこにあるのよ」

美希も後ろにさがる。

「あの……たぶん、理科室の大掃除をするのにじゃまだから、こっちに持ってきたんだよ。大掃除のときって、床にオイルを塗るでしょ」

茉里がそう説明したけれど、美希は聞いていなかった。

「頭が痛い」

額《ひたい》をおさえて、眉をひそめる。ほんとうに、真っ青な顔になっていた。

「この臭いがだめで……。それに、人体模型が怖くて……吐き気がする」

「保健室に行ったら。あたし、ついていってあげる」

あかりが美希の肩を抱きかかえる。

「ね、ミキ、保健室行こうよ、マジで顔色、悪いよ。藤平さん、ごめん、あと頼めるよね」

「え？　あ……うん」

「ごめんね。ほんとに、ごめんね。ミキの気分がなおったら、すぐ帰ってくるからさ」

美希とあかりは茉里に背を向けると、足早に遠ざかっていく。茉里は一人、残される。

どうしようか。

ほんの少しの間、考える。

茉里だって資料室は苦手だ。薄暗いのは明かりをつければいいし、ほこりっぽいのもがまんできる。幽霊話を信じているわけでもない。でも、独特の臭いはいやだ。

美希ではないが、この臭いをかいでいると頭痛がしてくる。

帰っちゃおうかな。

ちらりと考えた。

資料室なんてよほどのことがない限り、人の出入りはない。掃除をしてもしなくても、あまり関係ないと思う。まして、茉里は今、一人だ。一人で掃除なんて……。

ふっと床に目がいった。

薄茶色の床に足跡がいくつもついている。ほこりがたまっているのだ。くしゃくしゃに丸められた紙くずがあちこちに転がってもいる。長い間、床掃除をしていないに違いない。この前の当番も、その前の人たちも、ろくに掃《は》いたり拭《ふ》いたりしなかったのだろう。

茉里は大きく息を吐き出した。

「よし、やろう」

一人で気合を入れる。

もともと掃除はきらいではない。片付けた後のぴかぴかになった部屋を見回す。そのときの充実感がけっこう好きだった。床をみがいたり、窓をきれいにしたり、花びんの置き場所を変えたりしただけで、部屋がまるでちがって見える、その感覚も好きだった。

汚れに汚れた資料室を見たとき、茉里の掃除好き魂《だましい》が刺激された。むくむくと立ち上がった。

掃除用具の入ったロッカーを開ける。モップやほうきが乱雑につっこんであった。どれも新品みたいだ。つまり、ほとんど使われていないのだ。

部屋のドアを大きく開け、床を掃く。ほこりが舞い上がる。茉里は積んであった新聞紙をこまかくちぎり、水に浸して床にまいた。こうすると、ほこりが新聞紙にくっついてしまうのだ。

教えてくれたのは、姉の春奈だ。

たしか去年の暮れ、家の大掃除をしていたときだ。

「新聞紙ってなかなかに優れものなんだよ。窓拭きに使ってもぴかぴかになっちゃうし」

「へぇ、お姉ちゃん、物知りだね」

おしゃれで、スタイリッシュで華やかなことが好きな姉が、こんな『おばあさんの生活の知恵』みたいなことを知っていたのが意外だった。

「若者のジョーシキですよ」

妹の前で春奈は胸をはった。そのときつけていたエプロンも黒に深紅の線が斜《なな》めに入ったしゃれたものだった。そのまま、外に着て出れそうなほどだ。

「これでも、あたし、案外家庭的なんだよ。掃除とか料理とかけっこう好きだし。洗濯はちょっとゴメンだけどね」

「あっ、そうだね。お姉ちゃんの料理、わりに美味《おい》しいよね。ときどき、失敗するけど」

「こら、茉里。最後の一言はよけいだぞ」

くすくすと陽気に笑った姉の顔が、すっと引き締まる。視線が磨いたばかりの窓ガラスをつきぬけて青い冬空に向けられた。その視線も引き締まり、どこか暗くさえあったから、茉里は思わず声をかけてしまった。

「お姉ちゃん……どうしたの」

「うん？　ううん。何でもないよ。ただ、あたし、けっこうやれるんじゃないかなって、ね」

「え？　何のこと」

「だから……一人で暮らしてもちゃんとやっていけるって、そう思ったの」

「えっ、お姉ちゃん、家を出て行くつもりなの」

「うん……いや、ちょっと、そういうことも」

姉の曖昧な返答は、キッチンから響いてきた母の声に遮《さえぎ》られた。

「春奈、春奈、ちょっと来て。春奈」

「おやおや、またご指名だわ」

春奈は軽く肩をすくめ、キッチンへと向かった。

あれから半年以上がたった。

春奈はあいかわらず家から通学している。母の具合も一進一退のようだ。それでも少しずつ塞ぎ込む時間が短くなっている気がする。

数日前、帰宅した茉里に母は、

「学校はどう?」

と尋ねてきた。入学して三ヵ月になるけれど、母が茉里の学校生活について尋ねたのは初めてだった。

「うん、楽しいよ」

「ほんとに……このごろ、中学校も難《むずか》しいんでしょ。イジメとかいろいろあったりして」

「まあね。でも、今のところ、あたしは楽しんでるよ」

そうよかったと母は微笑んだ。それから、不意に立ち上がり、

「たいへん。今夜はブロッコリーとエビのグラタンにしなきゃいけないの。春奈が食べたいって言ってたから。これから買い物に行ってくるわ。お留守番しといてね」

と、飛び出して行ったのだ。

母に嘘はつかなかった。

このごろ、茉里は学校が楽しい。心が弾んで、朝起きるのが楽しみ……とまではいかないが、教室に入るのがゆううつだったりはしない。

深雪がいるからだ。

入学して間もなく、学校からの帰り道で深雪に声をかけられた。そのはずみで、もっていた鏡を落として割ってしまったのだ。翌日、深雪は改めて茉里に謝ってきた。

「藤平さん、昨日のこと、ごめんね」

「そんな、綾部さんが悪いんじゃないって」

それが深雪と親しくなるきっかけだった。

ときどき話をするようになり、たまにいっしょに帰るようになったのだ。

深雪はおしゃべりではないし、茉里も話し上手ではない。自分はしゃべるより、黙って聞いている方が性《しょう》にあっている。そう信じてきた。だから、友だちといるとき、たいていは聞き役に回っている。

自分のしゃべり方がもたもたしていると自覚していた。はっきりと「茉里、もっと手短にしゃべって。えっと、うーんとが多すぎ」と指摘されたこともある。

思ったこと、感じたことを相手にちゃんと伝えようとしたら、どうしてももたついてしまう。どんな言葉、どんな一言が相応《ふさわ》しいのか考えていたら、みんなは、もう次の話題に移っているのだ。

茉里は黙り込む。口を閉じ、聞き役だけに徹する。

ずっとそうやってきた。でも、深雪といるといつのまにか、しゃべっていた。言葉を探りながらもたもたと、しゃべっていた。たいてい、他愛《たわい》ないことだ。

昨日の夕焼けのきれいだったこと。

沈丁花《じんちょうげ》の匂いが好きなこと。

小学生のときの初恋のこと。

母のこと、姉のこと、父のこと……。

気がつけば、胸の中にあったさまざまなものを深雪にしゃべっていた。深雪はときには黙って、ときにはうなずきながら、聞いてくれた。聞いてくれるだけではなく、自分のことをしゃべりもした。

「うん、あたしも夕焼け空って好き。一日がきれいに終わるのっていいなあって感じるよね。でも、ときどき、すごく紅いの、あるでしょ。毒々しいって感じのやつ。ああいうのはじっと見てたら怖くなっちゃうよ」

「あたしね、ふりふりしたものだめなんだ。生理的に受けつけないっていうのかな。この前、ハハオヤがさ、これ着てみろって、ピンクのブラウスとか買ってきたわけ。パフスリーブの前にひらひらレースのついたやつ。マジ、カンベンだよ。にあうわきゃないのにさ。オヤってなんで娘のこと、なーんにもわかってないんだろうね」

「初恋って……あたし、いつだったろうなあ。あんまし覚えがないような……えっ、それってまずいよね。すごくまずくない」

両親が離婚して、この街に引っ越してきたことまで語った。茉里ほどもたついてはいないけれど、滑らかでもない。ときどき詰まったり、考え込んだりしながら進む深雪の口調に、茉里は安心もするし、嬉しくもなる。

綾部さんは本気でわたしにしゃべってくれてるんだ。

そう思える。

他の仲良しグループのように、いつもいっしょにいて騒いだりはしない。「おはよう」とか「暑いね」とか、軽くあいさつを交わすだけの日もある。でも、一年三組の教室に深雪がいると、ほっとする。今日も楽しいと感じられるのだ。

いつのまにか、苗字ではなく「茉里ちゃん」と呼ばれ「深雪ちゃん」と呼ぶようになっていた。

ほんとうに、いつのまにか。

床のほこりをあらかた取ると、次はモップをかけるつもりだった。けれど、机やら箱やらがごちゃごちゃ置いてある床はモップでは、上手く拭けない。

ロッカーの中からぞうきんを取り出す。それも、真っ白なままで、顔でも拭けそうなぐらいきれいだ。

「ほんとに、誰も掃除してなかったんだな」

つい独り言を言ってしまった。床を拭こうとして、ふと気がついた。ぽつんと立っている人体模型もうっすらほこりをかぶっているのだ。

「きみも放っておかれたのかい。きのどくにねえ」

理科の石所《いしどころ》先生の口まねをしてみる。それから、人体模型の頭から足先まで、丁寧《ていねい》に拭いてやる。それから、しゃがんで床をみがき始めた。

「ありがとう」

背後で声がした。

え？

しゃがんだまま、振り向く。

誰もいなかった。

気のせい？……気のせいだよね。だって、あたししかいないんだもの。

手首を切って自殺した女の子の幽霊が……。

首をつった教師の幽霊が……。

かぶりを振る。ぞうきんをしぼり、さっきより力をこめて動かした。

「ありがとう」

また、聞こえた。

振り向くと、人体模型と目が合った。

「きれいにしてくれて、ありがとう。とっても嬉しいよ」

息がつまった。声が出ない。髪の毛という髪の毛が全て、逆立《さかだ》った気がする。

茉里はぞうきんを握ったまま飛び上がった。そのひょうしに足がもつれ、よろめく。背中をかべぎわに並んだステンレスの棚《たな》にぶつけた。頭の上から、ほこりといっしょに本や箱や紙の束が落ちてくる。

「きゃあっ」

「茉里ちゃん」

茉里の悲鳴と茉里を呼ぶ声とが重なった。

「茉里ちゃん、ごめん。だいじょうぶ」

人体模型の後ろから深雪が飛び出してきた。

「深雪ちゃん。えーっ、さっきの深雪ちゃんのしわざなの」

「そう。ごめん、ほんとにごめん。あたし、理科室の掃除当番でさ、掃除が終わったから人体模型を取りにきたの。そしたら、茉里ちゃんが一人で掃除してんだもの。ちょっと、いたずら気分になっちゃって。まさか、こんなことになるなんて。だいじょうぶ、ケガしてない」

「だいじょうぶだけど、死ぬほどびっくりしたよ。もう、ばか。いたずら過ぎますよ、深雪くん」

「ごめん、ほんと申し訳ない」

こんなふうにちゃんと言い合える。相手にだめだよって言える。ごめんねと素直に謝れる。

とてもささやかなことだ。でも、茉里たちにとって何より大切なものだった。澄《す》んだ朝の空気を思いっきり吸い込むような、空に向かって大きく伸びをするような爽快感《そうかいかん》に茉里は包まれる。

あの空気、あの空と同じくらいかけがえのないものなのだ。

「罪滅ぼしに、掃除、手伝うよ」

深雪は手早く周りを片付け始めた。

「ほんとに？　助かる」

「だけど、茉里ちゃん、なんで一人でやってるの。他の人は？」

簡単に事情を説明する。深雪はふーんと口元を引き締めた。その口元から、

「茉里ちゃん、あいかわらずお人よしだなあ」

ぼそっと呟きがもれる。

「お人よし?」

「そうだよ。栗坂さんが仮病《けびょう》をつかったとまでは言わないけどさ、山草さんの方は保健室についていくなんて、掃除を怠《なま》ける口実じゃないの。きっと、もう帰ってこないよ。茉里ちゃん、そんなふうに考えなかったわけ」

「それは……」

ちらりと考えた。でも、美希とあかりは仲良しだし、美希は本当に気分が悪そうだった。

「あたしが山草さんでも、同じことすると思うから……」

もし深雪の具合が悪くなり苦しそうだったら、茉里だって保健室まで同行したろう。掃除当番を誰かに押し付けても、ついていったと思う。

「そっか。そうだよね」

深雪が口元をゆるめ、笑った。

「そこが茉里ちゃんのすてきなところだよね。あたしなら、絶対そんな風に思えないから。この人ったらズルしちゃってって頭にくるぐらいだよ」

茉里も微笑んでみる。そして、胸の内でつぶやく。

あたしなら、そんなふうに真っ直ぐに誰かをほめられないよ。自分の嫌なところ、素直にさらけ出せないよ。

深雪の横顔を見つめる。

同じ年なのに、お互いにまだ、十三歳にもなっていないのに、こんなにもちがう。

良い悪い、じゃない。

優劣でも、ない。

たった十三年たらずなのに、人はそれぞれに自分だけの時間を背負っている。自分だけの思い、自分だけの感じ方、自分だけのたいせつなものを育《はぐく》んでいる。けなしあうんじゃなく、尊《たっと》びたい。自分の、他人の十三年を大切にしたい。

ふっと、言葉がこぼれた。

「深雪ちゃん、いっしょに年表、作ってみない」

「年表?」

「夏休みの宿題。この街の歴史を探ろうってのがあったでしょ。あれ、年表でやってみない」

街の歴史を年表にし、そこに自分たちの十三年の歴史を重ねてみるのだ。日本の、いや、世界の歴史と重ねてもいい。

小さな街の中学生が生きてきた時間。

アイドルでも天才アスリートでもない。平凡などこにでもいる十三歳たちの歴史。

それがどんなものか考えた人なんて、いないだろう。だから、やってみたい。

「いっしょに、やろうよ」

深雪が瞬《まばた》きする。茉里の目を覗き込む。

「いいよ。何だか、おもしろそうだし」

「ほんとに？」

「だけど、けっこう大変な作業だよね。あたし、正直、歴史とか苦手なんだけど、二人でやれるかな」

「だいじょうぶ。助っ人、頼むから」

「助っ人？」

「うん、とっても強力な助っ人がいるんだ」

駒木千博の顔が浮かんだ。

千博くんなら、きっといっしょにやってくれる。

「助っ人って、誰」

深雪が首を傾げたとき、慌《あわただ》しい足音とともに、あかりが駆け込んできた。

「藤平さん、ごめんね。あれ？　綾部さん、なんで？　あっ、助っ人か」

「え？　あたしが助っ人……あっ、うん、そうだね」

「ありがとう。ほんと、ごめんね。美希ちゃん、朝から調子悪そうだったから心配でさ。でも、藤平さんにだけ掃除、押し付けちゃって、悪かったよね。後はあたし、やるから。もう帰っていいよ」

「栗坂さんは？」

「うん。熱計ったら、三十八度五分もあった。お母さんが、迎えに来るんだって。今、保健室で寝てる。あっ、それ、片付けるよ。ゴミも捨ててくるから」

あかりがばたばたと動く。深雪と茉里は顔を見合わせた。

「いいよ、山草さん」

茉里はぞうきんを軽く振ってみせた。

「いっしょにやろう」

そうしようと深雪がうなずく。それから、あかりに向かい合い、ごめんねと言った。

「あたし、山草さんのこと疑ってた。申し訳ない」

「へ？　何のこと」

深雪に頭を下げられ、あかりが口をぽかりと開ける。
小さな窓から光が差し込んだ。人体模型を淡《あわ》く照らし出す。
片方だけの目が優しく笑っているようだった。

夏の真ん中で

七月の午後四時。校庭はうだるような暑さだ。昼過ぎに、猛烈な勢いで雨をふらせた夕立は、数分でからりと上がり、涼しさより蒸し暑さを残して消えていった。

「まったく、夕立っていうなら、ちゃんと夕方にふれよな」

茢野真吾は、うらめしげに空を見上げた。太陽の光に漂白されたように、空は白っぽくぎらついている。

「よおし、全員、グラウンド、五周」

陸上部顧問《こもん》の小泉《こいずみ》先生が、大声を出して手をぐるぐる回す。若くて元気なのはいいけれど、やたら熱血なのが欠点だ。

「夏休みだぜ、ラクしてえよなあ」

真吾の思っていたことそのままを同じ一年生部員の黒崎《くろさき》が口にして、ため息をついた。

夏休みが始まって三日がすぎていた。中学生になって初めての夏休みだ。やりたいことは、山ほどある。一学期の成績を見て母親は、塾の夏期講習に参加したほうがいい、基礎学力がしっかりしていないと高校受験の時、苦労する。そんなことをしつこく言っていたけれど、真吾の『やりたいこと』の中には、むろん塾や夏期講習などという単語はない。高校受験なんて何年も先の話だ。先のことなど、わからない。わからないことのために、今、目の前にある楽しみを犠牲《ぎせい》にしたくない。

夏休みだもんな。めいっぱい満喫しなくちゃソンだよな。

そう思っている。ただ、口にしたとたん、母親の目がつりあがるとわかっているから、黙っていた。

海に行きたい。プールで泳ぎたい。ゲームもマンガも楽しみたい。話題のS

F映画も見たい。そして、なにより……。

黒崎のひじがふいに、真吾のわき腹をつっついた。

「真吾、何、ぼけっとしてんだ。あっ、女のことでも考えてたな」

どきりとした。考えていた。綾部深雪のことだ。夏休みの間に、一度だけでもデートにさそいたかった。木陰を歩いたり、映画を見たり、ピザを食べたり、そんなことでいいから、一日、いっしょにいたかった。女の子に話しかけることに抵抗はなかった。自分が、案外もてるのも、なんとなくわかっている。いつもの調子で、軽く、

「なっ綾部、明日、映画なんか見に行ったりしない。おれと」

そう言ってみればいいのだ。

簡単じゃないか。何度も自分に言い聞かすのに、その軽い一言が出てこない。深雪とまともに目を合わすこともできなかった。

「こらっ、苅野、黒崎、ちんたら走るな。気合を入れろ」

小泉先生がどなる。真吾と黒崎は、同時にちっと舌打ちした。走るのは好きだった。でも、こんなふうに強制されて走らされることには、うんざりする。走ることが楽しめなくなる。そんな気がするのだ。その時、真吾の視界のすみで何かがチカッと光った。

——え?

校庭のすみ、テニスコートの横を深雪が歩いていた。白いセーラー服を着ている。その白が光を弾き真吾の視線を捉《とら》えたのだ。夏だ。学校も街も白の服であふれている。その中で、深雪の制服だけが光を受け、弾き、きわだって白く見える。

——重症だよな、おれ。

自分で自分が情けない。それでも、深雪が近くにいると思うと嬉しかった。ただ、それだけのことが嬉しくてたまらない。

少しペースを速める。深雪は、テニスコートのフェンスの前で立ち止まっていた。校庭の真ん中あたりでサッカー部が練習をしている。そこをさけるように、陸上部は校庭の端を走っていた。テニスコートのすぐ側も通る。

——あのまま、立っていてくれたら走り抜けながら、よお！　なんて、声をかけてみようか。だけどあいつ何の用で学校に来てんだろう。たしか、部活やってなかったよな。

真吾の頭の中で、さまざまな思いが渦巻く。視線だけは、深雪から離さなかった。離すことができなかった。

深雪が、ふっと笑った。手を軽く振る。その先に、藤平茉里と駒木千博がいた。三人は、フェンスにもたれるようにして何か話し始める。真吾は、脚《あし》に力をこめた。全速力で走り出す。前を走っていた陸上部員を何人も追い抜く。

——藤平は、ともかく、なんで駒木までいるんだ。いや、チャンスだ。むちゃくちゃチャンスだ。駒木に、なにげに話しかけてその後、三人で何してんだよ、と続ければいい。何してたってかまうもんか。綾部と話すきっかけにさえなれば……あっ、でもこんな必死に走っていくのおかしいよな。

急に走り出したせいか、太もものあたりが重い。息も乱れてしまった。

重い足をひきずるようにして、テニスコートに近づく。三人の中で、千博が一番早く、真吾に気がついた。授業中以外は、めったに使わないメガネをかけている。何かを読んでいたようだ。

千博は、真吾に向かって手を上げた。

真吾は、いかにも今、三人に気がついたというふうに目を瞬かせ、にっこり笑い、近づいていった。

「よお、何して」

そこまで言った時、サッカー部員の蹴ったボールが、サッカーゴールの横を抜け、ほぼ一直線に三人めがけて飛んできた。

「あぶない」

誰かが叫んだ。真吾には、目を見開いた深雪の顔だけしか見えなかった。頭が何かを考える前に、身体がとび出していた。一瞬、足首に熱い感覚がはしる。広げた腕の中にボールが飛びこんできた。胸に衝撃がくる。息が詰まった。そのまま、地面にぶつかる。目の奥で火花が散った。倒れ込んだすぐ側に、深雪の脚があった。ほっそりした形のいい脚だ。身体の芯《しん》がカッと熱をもつ。真吾は、あわてて目を閉じた。

「苅野、だいじょうぶか」

千博の手が背中をささえ、抱き起こす。茉里が、きゃっと叫んだ。

「苅野くん、顔が」

「え、顔?」

ぽとりと赤い雫《しずく》が、地面に落ちた。頬に手をやると、ぬるりと生暖かい感触がする。地面でこすったのだ。みんなが集まってくる気配がする。深雪が、見開いたままの目で、見つめていた。真吾は笑おうとした。

こんなの、どーってことないって。

立ち上がる。とたん、足首から頭まで痛みがつらぬいた。ふっと周りが暗くなる。誰かの腕が、身体を受け止めてくれた。

「苅野くん」

意識のなくなる前に、深雪の呼ぶ声を聞いた気がした。

白い脚が見える。はだしだ。まっすぐに少し緊張して立っている脚だ。周りは暗くて、ひざから上がよく見えない。でもそれが、深雪の脚だということはわかった。手を伸ばす。くすっと笑い声がして、脚は闇の中に消えた。

——あっ待てよ、待ってくれよ、綾部。

叫ぼうとして、目が覚めた。薄いクリーム色の天井が見えた。

「あっ、目が覚めたか?」

千博が覗き込む。もうメガネはかけていなかった。

「う……駒木、ここ……」

「保健室だよ。今から小泉先生が病院に、連れて行くってさ」

「病院！　じょーだんじゃねえよ」

「冗談で病院には、行けないでしょ」

千博の後ろから、深雪が覗く。とたん、真吾の鼓動は乱れた。

頬に手をやる。ガーゼがはってあった。足首も湿布《しっぷ》されている。

「あ、これ、綾部が治療してくれて」

「保健室の片井《かたい》先生がいなかったから、応急処置だけね。あっ、私は、頬を消毒しただけ。湿布は茉里ちゃん。頭の下の氷枕は駒木くん。ね、茉里ちゃん」

深雪は、水道でタオルを洗っていた茉里に声をかけた。茉里はタオルを強くしぼり、少し笑った。

「助けてもらったんだもの。それくらいしないと……。顎のところ、血がついてるよ」

タオルを受け取る。ひやりと冷たかった。

「いやぁ助けたなんて、そんな」

千博がにやりと笑う。

「かっこよかったぜ。横っとびにボールにとびついてさ。サッカー部の連中、おまえのことキーパーに引き抜くって興奮してた」

「ボールを捕るたびに、気絶してちゃ、キーパーは務まらないよな」

笑い顔のまま千博が立ち上がった。

「小泉先生、呼んで来る」

「あっ、わたし、冷たい麦茶もらってきてあげる」

茉里が、千博と並んで保健室を出て行く。微かな消毒薬の匂いのする部屋に真吾は、深雪と二人、残された。

二人っきりになりたい。あれほど望んでいたことなのに、妙に居心地が悪い。いつもは、軽快に動く舌が重かった。やっとの思いで口を開く。

「あの……えっと、三人で何してたわけ。夏休みなのに」

「宿題」

「へ？」

「社会の宿題。この街の歴史を調べなさいってやつ。それを三人でやろうってことになったの。グループでもよかったでしょ。それで、生田《いくた》先生に資料を借りにきたの」

「え？　あっ、そうだっけ」

深雪の表情がふっとやわらいだ。

「苅野くんらしい。宿題のことなんか全然考えてなかったんでしょ」

「大当たり」

ずっと、綾部のことばかり考えてた。そう続けたかった。

「おれも仲間にいれてくれよ。そしたら宿題一つクリアーできるしな」

わざと軽い調子で言う。断られるかと思ったけれど、深雪は眉を微かに動かしただけだった。

「二人がよければ、私は、かまわないけど」

——ほんとに？　夏休み、いっしょにすごせるじゃん。すげえラッキー。

「罪滅ぼしなの？」

深雪が、まっすぐに真吾を見た。きつい視線だった。問われた意味がわからない。

「茉里ちゃんをボールから守ろうとしたの、遊びで告白した罪滅ぼしのつもりなのかなって」

真吾は、口の中の唾を飲みこんだ。

——違う。おれは、綾部を守りたくて。

「いっしょに、宿題するのは、かまわないけど、茉里ちゃんのこと、また傷つけたりしたら、許さない」

深雪は、呟くように言って横を向いた。真吾は、ベッドのシーツを握り締めた。窓の外でセミが鳴く。誤解、期待、戸惑い、想い、さまざまなものをかかえて、十三歳の夏が始まっていた。

涼やかな風

「なぁ、千博」

苅野真吾が、千博のTシャツのすそをひっぱった。

「なんだよ。ほら、ごろごろしてないで色を塗れよ。もうすぐ、茉里たちがくるぞ。なんにもやってないと、どなられるぞ」

千博の部屋だった。エアコンから心地よい涼風が吹いてくる。窓の外には、まだ盛夏のぎらつく景色が広がっていた。

「夏休み、終わっちまうよなぁ」

真吾が緑の色鉛筆を鼻の下にはさんで、くちびるを尖らせた。

「だから、早く宿題をすませなきゃいけないんだろうが」

千博は、包帯を巻いた真吾の足首をぴしゃんとたたいた。

「うわぁ、いてえ。折れたぞ。今度は、骨折だぁ」

真吾が大げさに顔をゆがめ転がる。夏休みの初め、捻挫《ねんざ》した真吾の脚は、思いのほか治りがおそく、まだ包帯で固定してあるのだ。もっとも、本人が千博に打ち明けたところによれば、陸上部の練習をさぼるため、わざと巻いているとのことだった。さぼる方はうまくいったけれど、プールも海も禁止というおまけがくっつくことになった。

「信じられねえよな。夏だぜ、夏。おれみたいな、かっこいい男が、なんで夏の間中、こんなとこにいなきゃなんねえんだよ」

真吾があお向けになって、わめく。千博は、もう一度、足首をたたいた。

「こんなとこで、悪かったな」

「あっ、いやいや。千博ちゃんの部屋はいいよ。きれいだし、落ち着くし、差し入れはあるし、最高」

部屋の真ん中に、低いテーブルを置き、その上に地図だの年表だのを広げている。街の歴史を調べるという社会の宿題は、八分どおり出来上がっていた。

いっしょに宿題をやらないかと声をかけてきたのは、藤平茉里だった。千博は、幼なじみの物静かで他人と話すことに不器用なこの少女が好きだった。押し付けがましさなど微塵《みじん》もない茉里の雰囲気は、側《そば》にいて心地よかったのだ。しかし、小学校の高学年になり、私立受験のための勉強に本気でとりくみ始めた頃から、千博の中で茉里の存在はだんだん薄れていった。強烈な色も匂いも持たない野の花が人の記憶にいつまでも留《とど》まらないような、そんな淡さが茉里には、あった。だから、茉里に声をかけられた時、正直、とまどった。

「へえ、茉里でも人をさそったりするんだ」

「だって……千博くん、歴史とか好きだって言ってたし、資料をまとめるとかも上手でしょ、あの、助けてくれるかなって、思って」

そう言って茉里は、肩をすくめ、舌をちらっと出してみせた。少し驚いた。茉里が、こんなおどけた動作や明るい笑い顔をするなんて知らなかったのだ。

さらに驚いたことに、茉里は綾部深雪をつれてきた。三人でやろうというのだ。

「よろしく。頼りにしてます」

深雪は、短く言って頭をさげた。大きな黒い瞳とまっすぐに結ばれた口元が印象的だった。クラスメートだから、顔は知っている。でも真正面から向かい合ったのは初めてだった。騒ぐわけではない。どちらかというと口数の少ない深雪には、黙って立っているだけで強く人をひきつける磁力のようなものがあった。そのくせ、そう簡単には近寄れない、いや近寄らせない頑《かたく》なさも感じる。茉里とは、まったく異質の少女だった。その二人が、くったくなく話したり笑ったりしている。

女の子って、なんか不思議だな。そう思った。そう思った後、気が付いた。たぶん、茉里は心配してくれたのだと。歩道橋で茉里に偶然にあった時、千博は父親を見つめていた。歩道橋の手すりによりかかった父親を震えながら見ていた。父が飛び降りようとしていたのか、ただ身を乗り出して下を見下ろしていたいただけなのか、今でもわからない。日常は、変わりなく流れていた。変化がないぶん疑いは、重く千博の内に沈んでいく。重苦しい気分に身体が反応し、いつもだるかった。そういう千博を茉里は心配してくれたのだ。断ろうかとも思ったけれど、茉里の笑顔を見ていると、夏の暑さも身体の気《け》だるさもまぎれるような気がして、承諾《しょうだく》した。途中から、苅野真吾が加わったのは意外だったけれど、それはそれでおもしろかった。真吾はよくしゃべったし、よく笑わせてもくれる。天性の陽、そんな感じだった。

ただし、肝心《かんじん》の自分達の街の歴史を調べるという社会の宿題の方はなかなか進まなかった。図書館や市役所まで行って手に入れた資料には、人口や家屋《かおく》の数字が並び、古い言葉や難解な文字があふれている。

「大きな事件だけ抜き出して、年表にしようか。その方が、見てわかり易《やす》いと思うんだけど」

そんな千博の提案に、茉里は笑顔になり、

「じゃ、ごちゃごちゃ数字なんか書きこむより、きれいなイラストや写真をのせない？　どうせなら、見てて楽しい方がいいもの」

と、言った。深雪は、そうだねとうなずき、真吾は「やっと、発車準備完了ってとこだな」と、敬礼のマネをした。しかし、千博の夏期講習があったり、茉里が夏カゼをひいたり、深雪が母親の田舎に帰省したりで、なかなか四人集まる時間がとれない。一日一日が、駆けるように過ぎていく。いつの間にか、ぎらつく真昼は夏でも、朝夕の風に涼《すず》やかな秋の気配が混ざり始めていた。

今日は、久しぶりに四人、千博の家に集まることになっていた。といっても真吾は、このところ千博の部屋にいりびたっている。ここが、相当気に入ったらしい。騒々しくておしゃべりなくせに、真吾が側にいてじゃまだと千博が感じることは、ほとんどなかった。千博が本を読んだり、勉強をしていると、真吾はこころえたように、部屋のすみで漫画を広げたり、うたたねをする。この頃は、いっしょに他の宿題をやることもある。この夏、深雪とは話がしやすくなった程度だが、真吾との距離は、ずい分、縮まったようだ。真吾はいつの間にか駒木ではなく、千博と名前を呼んでいたし、千博も時に、真吾と呼ぶ。それは不快ではなかった。ただこれ以上親しくなったら、真吾が、遠慮なく踏み込んでくることに慣れたら、どうしようかとは思う。

「なあ、おやじさん、どうだ?」

真吾がこんな単純な言葉で、あの雨の夜の歩道橋でのことを問うてきたら……そんな恐れはあった。

「なあ、千博」

真吾が、また、Tシャツをひっぱる。めずらしく重たげな口調だった。

「おまえな、へんな夢とかみない」

「は? 夢って?」

真吾は起きあがり、こくっと一つ息を呑みこんだ。

「あの、笑うなよ。あのな、その夢に女の子が出てきたりしない? それも、生脚だったり、水着着てたり……」

真吾は真っ赤になって下を向いた。

「そりゃあ、あるけど」

千博の言葉に、真っ赤な顔が上がる。

「ほんとに？」

「こんなこと嘘ついてどうするんだよ。女の子の夢……よく、わからないけど、みんな、みたことあると思うけどな。好きな女の子だったり、アイドルだったり……うん、絶対あると思うよ」

「おまえも？」

「え？ うん、まあ……ある」

真吾が、ふいに千博の手を握った。

「千博。感謝」

「え？」

「よかった、おれ、おかしいんじゃないかって気になってたんだ。千博でもそうなら、よかった。よく話してくれた」

「真吾が先に話したんじゃないか。で、だれの夢？」

「はい？」

「だれの夢をみるんだよ」

真吾の顔が、さっきよりさらに赤くなる。『綾部』とため息とともに言った。

「綾部か、うーん、大物だな。で、好きだって告白したのか」

「全然。どっちかっつーと、おれ、嫌われてるみたいで……」

真吾は、深雪に、頬をぶたれた話をぽつぽつとした。

「茉里に嘘の告白……そりゃあひどいな……ひどいよ、真吾」

「そうか、そうだよな」

「茉里は優しい分、傷つき易《やす》いんだよ。告白ごっこなんて、相手を考えなきゃだめだろ。ちゃんと謝らないと、綾部だって許してくれないと思うぞ」

「うん、でも藤平、なんにも言わないし、今更謝りづらいし、綾部にはカンペキ、軽蔑《けいべつ》されてるし」

真吾が、何度めかのため息をつく。ノックの音がした。クッキーののった皿をもって、父親が入って来る。

「千博、差し入れだ。母さんの手作りクッキーだとさ」

真吾が身軽に立ち上がった。

「いつも、すみませーん。あれ？　おじさん、今日は家にいるんですか、あっ日曜日か」

「そうだよ。いいな中学生は、長い休みがあって」

「宿題と休み明けテストさえなければねー」

父親が出て行くと、真吾は遠慮なく、クッキーを食べ始めた。その味を大仰《おおげさ》にほめた後、さりげない口調でたずねてくる。

「そういえば、おやじさんの定期入れ、どうした？」

返事に詰まる。顔がこわばるのがわかった。真吾がクッキーを飲みこむ。

「おれ、へんなこと聞いちゃった？」

「いや、でも思い出したくない。もしかしたら、おやじが自殺しようとしてたんじゃないかなんて……」

「でも、そういうのけっこうあるみたいだぜ。おれのおやじ、占いやってんだ。ここ数年、悩める中年のおっさんのお客、やたら多いって言ってたもんな。あの年ぐらいになると、いろんなことあって、ふっと死にたくなることってあるんじゃないの。うん、あるよ、きっと。でも、今、おやじさんは生きてる。それでいいじゃん」

今生きてる。それでいい……千博は、真吾の口元を見つめていた。たった今、ドアのところに立っていた父の顔を思う。生きて笑っていた。歩道橋でうつむいていた父の姿にばかり捉えられ、今、笑ったり、話したり、歩いたりしている父が見えていなかった。そう気がついた。

「真吾……」

「え？　なに？　なにマジな顔してんだよ。おれ、何かむかつくこと言った？」

「真吾って……すごいな」

「は？　おまえ、何言ってんだよ」

玄関のチャイムがなる。茉里の声が聞こえた。

今生きてる。口の中で呟く。

涼やかな風が、身体の中で舞った。

とまどいの季節

長袖《ながそで》の冬服を着ると、まだ汗ばむような気がする。それでも、季節は衣替《ころもが》えの秋になっていた。

深雪は、深く息を吸い込んでみた。十月の朝の空気が気持ちよく胸の奥にしみていく。

「おはよう」

後ろから声をかけられた。藤平茉里が立っていた。肩の辺りまで伸びた髪を、今日は二つにわけて赤いゴムでとめている。

「おはよう、昨日はごくろうさま」

深雪は、茉里の髪の毛を軽くひっぱった。昨日はおそくまでかかって、文化祭の準備をしていたのだ。夏休みに深雪、茉里、駒木千博、苅野真吾の四人でやった社会の宿題、「わたしたちの街、その歴史と生活」が、なかなかの出来《でき》だったのだ。年表を作って、各時代ごとにイラストを入れた。十二単《ひとえ》を着た平安朝の女人《にょにん》や裃《かみしも》姿の武士、二十以上のイラストを茉里は一人で担当し、美しく仕上げた。その年表を社会科担当で担任の生田先生が気に入り、文化祭の展示会場に貼り出すことに決めた。そうなれば、もう少し見やすいようにと、文字を大きくしたり、イラストの色を塗り直したり、四人は、昨日遅くまでがんばった。生田先生が差し入れてくれた菓子パンを頬ばりながら真吾がしみじみした口調で「なんか、充実した時間だなぁ」と言った。

「おまえは、何か食ってたらいつでも充実してんだろ」

と、千博がからかう。パンを口にくわえた真吾の顔がおかしくて、深雪も茉里も、声を出して笑ってしまった。この数ヵ月で、四人はずい分、親しくなったと思う。思いの外、茉里がよく笑うことも、千博が冗談を言うことも、軽薄で無責任だと思っていた真吾に汚れ仕事をいとわない真摯《しんし》さがあることも知った。驚きだった。楽しくもあった。その楽しさにひっぱられるようにして、この数ヵ月が過ぎたような気がする。その総仕上げとして昨日、四人は年表を作り上げた。文化祭が終わったら四等分して、記念に持っておこうと、真吾が提案した。あんがい真吾もロマンチストなのかもしれない。

「藤平、江戸時代のとこに、おれに似たかっこいい忍者、描いてくれよ。おれ、その時代をもらうから」

「苅野くんの忍者、えー、描けるかな」

「茉里、アンパンくわえてる絵にしろよ」

「あっ千博くんに賛成。絶対そっくりになるよ、茉里ちゃん」

昨日かわした会話を思い出す。

「深雪、何がおかしいの」

「え？　あはっ、やだ、思い出し笑いしてた……あれ？」

教室から人影が出てきた。女の子らしい。非常階段の方にばたばたと走り去っていった。昨日完成した年表を壁に貼ってみるつもりで、今朝はいつもより三十分以上早く登校していた。学校全体が、まだ、活動開始前の静けさの中にある。こんな時間に、誰が教室に……ちくっと胸の奥が痛んだ。嫌な予感がした。予感はいつも、嫌な時だけ当たるのだ。足が速まる。深雪はほとんど駆け込むようにして、教室に入った。

「あ……」

息が詰まった。

「ひどい……」

茉里の声がかすれて、震える。昨日、茉里の机の中に入れておいた年表が引きずり出され、びりびりに破《やぶ》かれている。床に散った紙くずは朝の光の中で、白く浮いて見えた。深雪を押しのけ、茉里が前に出る。しゃがみこむと、無言で拾い始めた。泣くまいと唇《くちびる》をかみしめている。深雪は目をそらし、非常階段まで走った。驚きより悲しみより、今、身体の中に怒りが渦巻いている。青くペンキを塗られた非常階段には、だれの姿もない。ゆっくり降りてみる。四段目に小さな髪どめ用のピンが落ちていた。先にリンゴの飾りがある。非常階段の手すりをつかみ、深雪は深呼吸をくりかえした。朝の大気がひんやりとしみた。さっきまでの、心地よさはどこにもない。

生田先生は、一時間目をつぶしてホームルームにあてた。

「犯人探しではなく、なぜ、こんなことになったのか、思い当たることのある者は、言ってくれないか」

先生の言葉が終わらないうちに真吾が立ち上がり、こぶしで机をたたいた。

「ふざけんなよ。この中に犯人がいるなら、おれ、絶対に許さないからな」

普段、明るくひょうきんな真吾の本気に怒る顔は、ひるむほど迫力があった。千博が、静かに深いため息をもらす。茉里はうつむいていた。深雪は後ろを振り返り、何も貼っていない壁を見た。

あんなに楽しかったのになぜ……。

教室にいる誰も何も言わない。時間だけが過ぎていった。

放課後、深雪は黙って教室を出た。図書室に行く。一番奥の棚《たな》と棚との間の通路に、栗坂美希が立っていた。

「なっ、なによ綾部さん……こんなところに呼び出して、あたし、塾が」

「どうしてあんなことしたの？」

自分でもきつい声だなと思った。美希のくちびるは、はっきりとわかるほど、震えていた。深雪は、今朝拾ったピンを差し出した。

「これ、栗坂さん昨日つけてたよね。今朝逃げる時、落としたでしょ」

「そんな……」

「あたし、見たのよ。栗坂さんが今朝早く、教室から出て行くとこ」

嘘《うそ》だった。今朝の人影は遠すぎて女子であること以外、何もわからなかったのだ。でも、美希は手で顔を覆《おお》いしゃがみこんで泣き出した。

泣かないでよ、泣いてごまかしたりしないでよ。茉里ちゃんは泣かなかったよ。唇かみしめて、泣かなかったよ。泣いて終わりになるようなことじゃないもの。それで許されることじゃないもの。

心の中で叫ぶ。こぶしを握り締めると手のひらが汗ばんでいた。ふいに美希が顔を上げる。立ち上がり一つ、ゆっくりと息をはいた。かすれた小さな声で、話し始めた。

「あたし、真吾くんのこと好きだった……。小学校の頃からずっと……。告白しようと思ってた……でも、断られるのが怖くてできなくて……なのに、綾部さんたち、すごく楽しそうに話してて……真吾くん、綾部さんのこと好きみたいで……」

「ばかなこと言わないでよ」

「ばかじゃない。あたしわかるもの。真吾くん綾部さんばかり見てるじゃない。あたし、悔しくて……」

「それで、あんなことしたわけ」

美希が、うなずく。

「あたし……最初からあんなことするつもりじゃなかった……あたし、合唱部だから、文化祭のための朝練があって、早く来たの……。教室入ったら誰もいなくて、藤平さんの机からあの年表がはみ出していて……そしたら、綾部さんと真吾くんが笑いながら話したりしているの思い出して……、頭の中がカッと熱くなって、気がついたら……」

美希は、顎を上げて深雪を真正面から見た。

「ひどいことしたって思っている。今日一日、藤平さんの顔、ちゃんと見られなかった。自分で自分が嫌《いや》だったもの」

「じゃ、今、謝って」

茉里の声がした。振り向くと深雪が背にしていた棚の陰から茉里が現れた。

茉里は美希に近づいた。

「今、ちゃんと謝ってよ」

美希の肩が震え始めた。

「ごめんなさい、藤平さん、ごめん」

頭を下げ、それだけ言うと美希は、図書室を走り出て行った。

「茉里ちゃん、なんで、ここが……」

「わかるよ。深雪のようすが変だったもの。なにか隠してるみたいで、さっさと教室出て行くし。だから後をつけたの。みんないっしょ。ねっ」

茉里の後ろから千博と真吾が覗いた。

「おれたちマジ忍者みたいだな」

真吾がぺろりと舌を出す。千博は真面目《まじめ》な顔で言った。

「綾部、おれたちのことなんだからさ、相談ぐらいしてくれよな」

茉里がうなずいた。

「そうだよ。黙ってないで、ちゃんと相談してよ、深雪」

茉里に責められたのは、初めてだ。深雪は、はいと返事をした。

「で、どうすんの。栗坂のこと、先生に言っちゃうわけ？」

真吾が、ふっと息をはいた。

「言ってもしょうがないんじゃない。年表元にもどるわけじゃないし……。悔しいけど……言いつけたりしたら、なんかすごくいやな気持ちになるし……そしたら、せっかくの楽しかったことまで無くなるみたいで」

茉里が、自分の足先を見ながら、もごもごしゃべる。

「なっ、また作んない」

真吾が、いつもの陽気な口調で言った。

「宿題とか文化祭のためじゃなくて、おれたちのために、前よりすげえの作ろうぜ。年表作成第二弾」

「それを四等分して持っとくんだな。もち、真吾の忍者姿イラストつきで」

千博がそう言って、くすりと笑う。うつむいていた茉里が、顔を上げた。

「綾部は？　もちＯＫだよな。よっしゃ、またがんばろうぜ」

真吾がガッツポーズを決めた。深雪は目を細め、三人の顔を見た。破られた年表を見つけた時、終わったと思った。楽しかった思い出もびりびりに破られてしまった、そんな気がした。怒りがあった。今まで美希を問い詰めて、怒りをぶつけることだけを考えていたような気がする。茉里のように、美希を許すことも、真吾のようにもう一度、作り直すことも、考えもしなかった。かっこいいな。不意にそう感じた。

「みんな、かっこいい」

ふっと呟いていた。真吾がえっと聞き返した。

「なに？　綾部、今、真吾くんかっこいいとか言わなかった？」

「まさか。言うわけないでしょ」

深雪は笑いながらそう言って、真吾から目をそらした。

『真吾くん、綾部さんのこと好きみたいで』

美希の言葉を思い出す。まさかと頭を振ってみた。

「苅野、こんなとこに隠れていたか」

突然、小泉先生の声がして、真吾は後ろから襟を掴まれた。

「せ、先生、図書室です。お静かに」

「黙れ。次期エースが部活さぼっていいと思ってんのか。こい、特訓だ」

「ひえぇぇぇ。助けてー」

真吾がひっぱられていく。三人は、同時にふき出した。秋の日差しが窓から射し込む図書室は光に溢《あふ》れていた。

スナップ写真

十一月、快晴。空には、本当に一片《いっぺん》の雲もなかった。晩秋の空は澄んだ青一色で、見詰めていると瞳まで、青に染まりそうなほど美しい。

今朝、冷え込んだのが嘘のように、日差しは暖かく、茉里は背中にうっすらと汗をかいていた。前をいく千博が振り向き、だいじょうぶかと聞いた。その額にも汗が光っている。真吾が口笛を吹きながら手を伸ばし、さりげなく茉里の水筒を持ってくれた。深雪は、その口笛の調子外れのリズムがおかしいと笑っている。

四人は、街のはずれにある小高い丘に登っていた。都心まで、快速電車で一時間あまりという街は、近年住宅地として急速に開発されてきた。しかし、この山だけは以前のままの姿を保ち、雑木を繁らせている。頂上に、むかし小さな山城《やまじろ》があったことを調べだしたのは、千博だった。街の歴史年表を作るために読んでいた古い資料に書いてあったのだとか。

街の歴史を調べることは、夏休みの宿題だった。四人は共同で年表を作り上げたのだ。それは、単なる宿題に留《とど》まらず文化祭の展示物として担任から推《お》される程のできばえだった。しかし、文化祭の前日、年表は無残に破られてしまった。教室の床に散った年表を見たときの脱力感を茉里は、今でも覚えている。怒りとか悲しみよりも、まず身体から、するすると力が抜けていく感覚がした。

だけど、

「もう一度、やろうぜ」

真吾のそんな提案に、ふっと力がわいた。千博が同意し、深雪がうなずく。宿題のためではない。文化祭のためでもない。自分たちのために、四人はゆっくりと丁寧に年表を仕上げていった。

資料を読み直していた千博が、山城跡の記述に気がついた。

「このあたりを治めていた豪族の城らしい。墓もあるはずなんだが、場所ははっきりしないみたいだな」

千博の説明を聞いて、真吾が行ってみようぜと言い出した。

「でさ、写真撮って年表に貼ればいいじゃん。弁当持ちで行こうぜ」

「それって、ピクニックじゃない」

深雪が肩をすくめる。

「そういう言い方もある。あっ弁当おれにまかせて。なに、綾部は反対？」

「べつに、反対じゃないけど」

「藤平は？」

茉里は、いいようとうなずいた。ピクニックという響きが楽しそうだ。

「じゃ、決まり」

「真吾、おれは？」

「千博は行きたくなければいいの。女の子二人いれば、おれ的にはＯＫ」

すかさず、深雪が口をはさむ。

「苅野くんだけなら、あたし的にはパスだな。ねっ茉里ちゃん」

「え？　あっうん。そうだね」

「そんな、ひでえな。おれってかわいそう……ううっ」

真吾が泣く真似をする。おかしくて、茉里は涙が出るほど笑ってしまった。

そして、十一月の今日、快晴の空の下、四人は山道を登っていた。遠くから見ると、おわんを伏せたような丸い優しげな山も、登ってみると道は細く、くねくねと曲がり息が乱れるほどの厳《きび》しさがあった。それでも、声を掛け合いながら登っていくのは、楽しい。雑木林をぬけると、頂上の広場が広がっていた。むかし山城があったという場所は、二十一世紀の今、広場として整地された小さな空き地でしかなかった。

「さて、どこを撮ろう」

深雪がカメラを取り出す。どしりと重そうなレンズのついた立派なものだった。千博が嬉しそうな顔になり、茉里にはわからないカメラの名前を呟いた。

「すごいな、本格的だ」

「おやじの形見」

深雪がわざと乱暴な言い方をする。それから、いたずらっぽい笑顔になった。

「誤解しないでね。死んだわけじゃないから。さっ、撮るぞ」

深雪の指がシャッターを押す。カシャカシャと軽快な音が響いた。

「なんか、さまになってるな」

真吾が真顔で言った。深雪は、薄手のトレーナーの袖《そで》をまくり、細身のジーンズをはいていた。ウエストを革のベルトでしめた姿は、すらりと美しく、なぜか、カメラによく似合っていた。

「綾部、あの桜の下に立て札があるだろう。あれが、山城についての説明書きみたいだ。撮っておいてくれよ。それと、ここから西側半分ぐらいに、城があったらしいから、そのアングルで頼む」

千博の指示に従って、深雪がカメラをかまえる。真吾が、茉里の腕をひっぱった。

「なあ、藤平、もしかしておれたち出番無し?」

「みたい」

「用無し二人、昼飯の用意するか」

真吾は、紅葉の始まった大きな木の下を指差した。茉里がビニールシートを敷くと、真吾は、背負っていたリュックの中から、さまざまな包みを取り出し、その上に並べた。

「えっと、これがサンドイッチ、こっちが握り飯、で、これがから揚げにローストビーフ、エビのホイル焼き、卵焼きにブリの照り焼き……」

「すごい、これ、誰が作ったの」

「おれ。自慢じゃないけど、おれ、おふくろより料理上手なんだぜ」

「すごいよ」

お世辞《せじ》ではなかった。タッパーに詰められた弁当は、色合いも形も美しく、いい匂いがしていた。真吾にすすめられて、卵焼きを口に入れた。

「美味《おい》しい」

本気で言った。真吾が笑顔になる。

「なんか藤平にほめられると、すげえ嬉しいな」

「え？」

「藤平、嘘言わないだろう。藤平に美味しいって言われたら、本当にそうだって、信じられるじゃん」

茉里は口の中の卵焼きを飲みくだした。信じられるじゃん。真吾がさりげなく口にした言葉が胸に響く。

「苅野くん……」

「ちょっと、その苅野くんてのいいかげんに、やめてもらえませんかぁ。駒木のことは、千博くんなのにさ」

「だって、千博くんは……うん、そうだね。じゃ真吾くんだ」

「そうそう。綾部にも、なにげに注意しといてくれよな。あっ、これオカカの握り飯、自信作なんだ」

ホイルに包まれたお握りを受け取る。

「藤平」

「うん？」

「ごめんな」

唐突に謝られて、茉里は、一瞬とまどった。

「おれ、謝んなくちゃって、ずっと思ってて、あの、四月に藤平に告白したの……あれ」

茉里の胸の奥に小さな痛みが走った。四月、学校の靴箱の前で、真吾は茉里に『好きだから付き合ってくれ』と告白をした。それは、本気ではなく罰ゲームとしての告白ごっこだったのだ。そのことを真吾は、今、謝ろうとしている。

　茉里は、息を整え、精一杯明るい声を出そうとした。

「知ってるよ。そういうの流行《はや》ってるって、あれから一週間後ぐらいに、栗坂さんが教えてくれたもの。それに、茹野……真吾くんの好きな人も知ってる」

「は？　え？　なんだって」

「七月、真吾くんを保健室に運んで、手当てしたことあるでしょ。あの時、真吾くん、綾部って二回、言ったよ」

「ええっ、うっ、嘘だろ」

「わたしのこと、信じられるんでしょ。ほんと。あっ、でも、深雪は聞いてないよ。わたしが足の湿布してた時だから、側にいなかったもの」

「聞かれてたら、えらいことだった」

　真吾が大きく息をついだ時、シャッターの音がした。深雪が二人にカメラを向けている。

「美女と野獣。いいシーンだわ」

「だれが野獣だよ」

グワッと叫んで、真吾が深雪に飛び掛かる真似をする。

「ほら、苅野くん、ポーズとって」

「え？　えっそうか、こう？」

「だめだめ、その木に登って、ファイティングポーズ決めてよ」

深雪と真吾を見ながら、茉里は少し胸のあたりが苦しかった。

謝ってすっきりしたのだろう、真吾の表情は、晴れ晴れとしている。

反対に、茉里は、自分の中にどんよりと重いものが溜まっている気がした。

真吾に告白された時、とまどいもしたけれど嬉しくもあった。誰かにはっきりと好意を示された初めての経験だったのだ。あの時の胸の高鳴りを忘れていない。なのに……。

——わたしが深雪みたいにきれいだったら、真吾くん、遊びで告白しようなんて思わなかっただろうな――

茉里は唇を強くかんだ。自分で自分が嫌だった。

深雪をうらやんでいる自分が、真吾を許したくないと思っている自分が、そんな感情を上手に隠して笑っている自分が嫌だった。嫌だな。そう思った時、図書室で泣いていた栗坂美希を思い出した。美希は、真吾が好きで深雪に嫉妬して、年表を破り捨てた。人を好きになるって、幸せなことばっかりじゃない。苦しくて辛《つら》くて、時に人をとても醜《みにく》くする。

茉里は、自分の顔を手でおおった。

「茉里」

となりに千博が座った。

「どうした?」

「ううん。べつに少し疲れただけ」

「そっか」

千博は、それっきり黙って、茉里の横に座っていた。千博が無言で横にいてくれることが心地よかった。カシャ、カシャ。シャッターの音。深雪がカメラを向けていた。

「やめてよ。写真なんか撮らないで」

不機嫌な声がでた。

「あっ、ごめん。嫌だった?」

嫌だ。写真なんか撮られたくない。自分の中にある醜いものが、全て写ってしまう気がする。茉里は、お握りの包みを深雪に渡した。

「わたし、お腹すいちゃった。せっかくのお弁当、早く食べようよ」

無理に笑顔を作る。深雪は、黙ってうなずいた。

一週間後、深雪が数枚の写真を渡してくれた。山城でのスナップ写真だった。ほとんどの写真の中で、茉里は微笑んでいたけれど、一枚だけ千博の横で目をふせて写っている。

――これが、わたしだ――
茉里は、指先で写真をそっとなでた。

クリスマス・ソング

十二月に入って三日もたっていないというのに、街はクリスマス一色だ。聞こえてくるのはクリスマス・ソングばかりだし、商店のショーウインドゥはどこもサンタクロースとクリスマス・ツリー、それにトナカイばかりだ。さっき通り過ぎた商店街では、うどん屋さんの窓にも、トナカイのソリに乗ったサンタクロースが白一色で描かれていた。店から流れてくるのは『赤鼻のトナカイ』だ。入口の脇には、深雪の背丈ほどもありそうなりっぱなツリーが飾ってあった。

あの店内で、お客たちがキツネうどんやテンプラそばを食べていると思うと、何だかおかしい。

深雪は十二月の空の下をゆっくりと歩いた。

約束の時間には、まだ少し早い。

家を早く出すぎたのだ。

別に心が急《せ》いているわけではなかった。どきどきしているわけでも、期待に弾んでいるわけでもない。かといって、気が重いとか、ゆううつや不安を感じているのでもない。

不思議なほど、落ち着いていた。茉里たちと何か約束をした日の方が、よほどわくわくしている。

日曜日の今日も、午後から千博の家に集まる予定になっていた。みんなで製作している年表は最後の仕上げ段階に入っている。

数日前、四人で二十世紀のあたりを仕上げていたとき、

「なんか、前のやつよりかなり、イケてるよな」

真吾が妙にしみじみした口調で言った。

「おれたちって、打たれ強いつーか、天才つーか、実力バリバリつーか、日々

成長をとげるりっぱなお子さまたちつーか」

「ばか。自画自賛《じがじさん》して、どうするんだよ。ほら、早くそこの写真を切り取れよ。東京オリンピックのやつ」

「けど、千博だって思ってんだろ。おれたち、なかなかやるなーって」

「う……うん、まあそりゃあ、なかなかの出来だとは、思うさ。客観的に見て、この年表、前のより数段、出来がいいもんな」

パチッ。真吾が指を鳴らした。

「だろ、だろ、だろ。フツーさ、あんな目にあったら、たいてい、がっかりして止《や》めちまうぜ。それをだな、われわれは不屈の精神で立ち上がり、さらに上を目指していったんだ。すげえぞ、おれたち。かっこいいぞ、みなさん。あっ、そうだ。このさい、おれたち四人、ネンピョウフォウレンジャーとか、名乗らない？」

深雪はわざとらしく、ため息をついてみせた。

「苅野くん、いいかげんにしなさい。調子に乗るのは年表が完成してからにして。ここで、ふざけてて破ったり、水をこぼしたりしたら」

真吾が首をすくめる。

「……したら、どうすんだよ。綾部」

「ぶっとばすよ。少なくとも膝蹴《ひざげ》り三回、往復ビンタ三回」

「それに、木の枝に逆さにぶらさげてムチ打ち百回だな」

千博が続ける。真吾はますます首を縮めた。

「おまえら、カンペキ、Sだな。こえーっ」

「苅野くんが騒ぐからでしょ」

「だってよ、年表、苦労してやっと完成間近なんだぜ。ちょっとぐらい騒いだっていいじゃん。なあ、藤平」

色鉛筆を削っていた茉里が顔を上げ、微笑む。

茉里独特の柔らかな笑みだった。

深雪は茉里のこの笑顔が大好きだった。見ているだけで、優しい気持ちになれる。こんな風に微笑むことができる人を、深雪は茉里以外には知らない。

微笑みを消し、茉里が言った。声が小さくなる。

「あの……完成はもうちょっと先かも」

「へ？　だって、もう二〇〇〇年近くまで終わったんだぜ。明日にでもカンセーイ！　とかじゃないのかよ」

「うん。でも、あの……ここから、丁寧に作りたいの」

茉里が少し口ごもる。しかし、すぐに顔を上げた。

「できたらね。一年三組の全員の誕生日を書き込みたいんだけど」

「全員の誕生日をか」

真吾の黒目が左右に動く。

「うん。前のときもそうしたかったんだけど、時間がなくて、全員の分までは無理だったの。けど、今度は時間、たっぷりあるし。丁寧にやってみたいんだけど。あの……ほら、歴史の年表って、わたしたちとは、あんまり関係ないって思うじゃない。でも……続いてんだよね。ここの戦争だって」

茉里の指が「第二次世界大戦ぼっぱつ」と書かれた文字を指す。その下に、日本軍兵士と二頭の馬の写真がはられていた。真吾が親戚のおじいさんから借りてきた写真をコピーしたものだ。おじいさんのお兄さんになる人で、この街から出征して、サイパンで戦死したと聞いた。

「ここにお城があったときだって」

茉里の指はすっと横に動き、深雪が写した山城の跡の写真の上で止まった。

「わたしたちのクラス全員に繋《つな》がってるわけでしょ。そういうの、みんながわかるような年表にしたいんだ」

「なるほどな。歴史の最先端にクラスの全員がいるってわけか。なんか、かっこいいな」

千博が腕を組む。

「もっと早く、みんなに相談しようって思ってたんだけど。あの……わたし、ごめんね。急にこんなこと言い出して。ほんとにもっと早く」

「おれも、似顔絵描いちゃおうかなー。茉里ばかりじゃなくて」

真吾が茉里の言葉を遮ると、腕まくりの真似をした。

「そういえば、真吾、わりにマンガ絵、うまいんだよな。いいね、それ。よし、がんばろうぜ」

「でも全員、描くのはたいへんでしょ。写真も使おうよ。入学式のときの集合写真、切り取っちゃおうか」

「あっ、深雪。それは縮小して、入学式のところに使いたいんだけど」

「そっかあ、じゃあ、他の写真で」

「おれにまかせろ。おれに」

「真吾、わかったから。時間が足らなくなるぞ。早く始めろ」

にぎやかに、でも、速やかに作業は進んだ。

最初の年表を破られて二ヵ月近くが経つ。あっという間だった。それは、深雪にとって楽しく充実した時間だったからだろう。楽しい時間は風だ。瞬く間に通り過ぎていく。

そういう時間を仲間たちと持つことができた。それは、幸せな、とても幸せな経験だろう。

でも、もうすぐ終わる。

あと一度か二度、集まれば年表は完成する。来週には教室に貼り出せるだろう。

そうしたら、みんな、どうするかな。

深雪は考える。

ばらばらになっちゃうかな。茉里ちゃんは別として、駒木くんや苅野くんとはどうなるだろう。このまま、友だちでいられるかな。

友だちでいたいの?

ふっと声が聞こえた。クリスマス・ソングにかき消されることなく耳に届いてくる。

自分の声だった。

ねえ、深雪。あんたは、どうなの？　みんなとこのまま友だちでいたいの。

足が止まる。

友だちが欲しいと思ったことは、あまりない。一人でいるのが苦にならなかったし、群れるのは好きではなかった。一人でいる方が楽なこともたくさんある。

だから、一人でいいのだ。

ずっとそう思っていたし、今でも思っている。

でも、茉里たちとはいっしょにいたい。そうも思っている。

矛盾《むじゅん》した二つの思いが深雪の内にあるのだ。

クリスマス・ソングを聞きながら、深雪は考える。

ふいに茉里の笑顔が浮かんだ。

私の大好きな笑顔。

いっしょにいたいなら、いっしょにいればいい。それだけのことじゃない。

茉里がそう言ったような気がした。とんと背中を叩かれた。そんな気もした。

深雪はまた歩き出す。

ちょうど時間だ。

駅近くのカフェ。『パドゥール』という名の喫茶店のドアを開ける。ここには、クリスマス・ツリーもクリスマス・ソングもなかった。静かな店内には、コーヒーのいい匂いがただよっていた。

「深雪」

隅の席で父が手をあげている。深雪はゆっくり、父の座っているテーブルに近づいた。

父と母が離婚してからも、二ヵ月か三ヵ月に一度、父とは会っている。この街に越してきてからは、『パドゥール』で何度か待ち合わせをした。

「元気か」

父が目を細める。

「うん、元気だよ。母さんも元気。あっ、あたしアイスコーヒー」

「この寒いのにか。よく、飲めるな」

「若いからね」

「おまえ、また、背が伸びたな」

「かな。父さんは少し、白髪《しらが》が増えたんじゃない」

「おい、厳しいこと、ずばずば言うな。そうか……おまえも母さんも元気なんだな」

「うん」

それで会話が途切れた。いつものことだ。気詰まりな沈黙が続く。

父は一年前に再婚し、隣の市で新しい家庭を築いていた。

「ちょっと早いが、クリスマス・プレゼントだ」

父が鮮やかに紅い包みをテーブルの上においた。

「開けてみてもいい」

「もちろん」

深雪はゆっくりと包みを開いていく。包装紙と同じ深紅の万年筆が出てきた。

「深雪も来年は中二だもんな。万年筆ぐらい、いるだろう」

父さん、このごろの中学生はね、万年筆なんて使わないよ。

ほんの一瞬、思ったけれど、深雪は万年筆を手にして父に笑いかけた。

「きれいだね。ありがとう」

「気に入ったか」

「うん」

嘘ではなかった。深紅が美しい。こんな美しい筆記用具を手にするのは初めてだ。嘘でなく、嬉しかった。

そうだ、この万年筆で名前を書こう。

年表の裏に四人の名前を記すとき、この万年筆を使おう。

「父さん」

「なんだ」

「もう、いいよ」

「え？」

「無理して、私に会わなくていいから」

「おい、深雪、何を言ってる。父さんはな無理なんかちっともしていないぞ。深雪に会いたいから、連絡しているんだ」

「じゃあ、今度から私がするよ」

「え？　何だって？」

「私が会いたくなったら、父さんに連絡する。そしたら出てきてよ。どこにいても、会いに来て」

「深雪……」

「誤解しないでよ。父さんのこと嫌になったわけじゃないんだ。母さんに何か言われたわけでもない。でも、私には私の時間があるの。私の気持ちがあるの。私、こんなふうに父さんに会いたくないんだ。勝手だけどさ、私が会いたいと思ったときに会いたいんだよ。父さんに話したいことがあるとき、聞いてもらいたいとき、父さんの顔が見たくなったとき、絶対に連絡する」

父は深雪をじっと見詰めた。コーヒーを一口すすり、うなずく。

「そうか。わかった。これからは、深雪から連絡してくれ。父さんに会いたいってな。そのときは、世界のどこにいても飛んでくる」

「父さん、その科白《せりふ》、かっこよすぎだよ。というか、かっこつけすぎ」

「またまた厳しいことを。やってられんな」

父が笑う。どこか淋しげな笑顔だった。

駅の改札口で父と別れた。遠ざかる背中に手を振る。

さようなら、父さん。
またね、父さん。
私は私の歴史を私の思いで作っていく。
深雪は父の消えた駅に背を向ける。そして、
クリスマス・ソングの溢《あふ》れる街に足を踏み出した。

バースデー・プレゼント

小雪が舞った。初雪だった。ふわりと軽い雪片《せっぺん》は、アスファルトの道路や屋根に落ち、すぐにとけてしまう。淡い雪だった。

十二月も半ばをすぎた。一週間後はクリスマスだ。その前触れのように、雪はふり、積もることもなくとけていく。

茉里はダイニングの窓から、ぼんやりと雪を見ていた。さっきまで眠っていたので、少し頭が重い。でも昨日までの身体のだるさやのどの痛みは、消えていた。風邪で学校を休んだのは、中学になって初めてだ。パジャマからセーターに着がえて顔を洗うと、頭の重さも気にならなくなった。

――学校、休まなきゃよかったかな。

そう思った。無理にでも登校して、深雪たちといっしょにいた方が気が晴れたかもしれない。茉里はダイニングの壁のカレンダーに、目をやった。ヨーロッパの街の風景を淡い色彩で描いた絵の下に数字が並んでいる。今日十二月十五日は、茉里の十三回めの誕生日だった。

雪がやんだ。雲が切れたのか、光が差し込んでくる。カーペットの上で、キラリとなにかが光った。拾いあげる。ガラスの破片だった。昨夜、母が壁になげつけたグラスの欠片だ。コリンズグラスと呼ばれる背の高いグラスで、緑がかった美しい色をしていた。お気に入りのグラスを母は力いっぱい壁にぶつけたのだ。壁の前には、姉の春奈が座っていた。

母が叫んだ。

「いいかげんにしなさい。勝手なことばかり言って」

「家を出て一人暮らししたいっていうのが、どうして勝手なの。部屋代ならアルバイトでなんとかする。ママに迷惑かけないわ」

「家を出るなんて許しません。なんの不満があって出て行くの」

「ママ、わたし、一人で生活してみたいのよ。この家にいて、いつまでもママにかまわれて生きていたら、わたし一人前の大人になれないのよ。息苦しいの。ママは、わたしにかまいすぎなのよ。春奈、春奈って。もう、うんざり。わたし自由になりたい」

言い終わらないうちに、母の手が姉の頬をぶった。茉里は、息をつめて二人を見ていることしかできなかった。頭が良くて美しい姉は、母の自慢の娘でもあった。そして、姉が母の期待に応えられなかったことは、茉里が知っている限り一度もなかった。その姉が母に逆らい、家を出て行こうとしている。

ぶたれた頬を押さえて立ち上がり、姉は冷静な声で、

「二、三日、友達のとこに泊まる。パパには、わたしから電話しとく」

それだけ言った。そして今朝早く、旅行カバンをさげて、本当に出て行ってしまった。母は眩暈《めまい》と動悸《どうき》を訴え、出張から帰ってきたばかりの父に連れられて、病院に行った。茉里は一人残されたのだ。

「誕生日なのになぁ」

呟いてみる。グラスの欠片を光にすかしてみた。電話がなる。父からだった。

「茉里、母さん、血圧が高いみたいで、今日は病院に泊まるから」

「だいじょうぶ?」

「ああ、心配することはない。ちょっと興奮しただけだからな。春奈と派手にやったんだろう。さっき、携帯に春奈から連絡が入ったよ」

「うん……」

「父さん、仕事もあるし、今夜は帰るのが遅くなるけどな、茉里、一人でだいじょうぶか」

「うん、平気」

「そうか、じゃ家のこと、頼んだぞ」

「あっ、父さん、今日ね……」

「うん? なんだ」

なんの日か知ってる？　わたしの十三歳の誕生日なんだよ。出かかった言葉をのみこんで、茉里はなんでもないと言った。電話をきる。ソファに腰掛けるとクッションの間から、ガラスのかけらが転がった。砕け散ったコリンズグラスがまだ、部屋のあちこちに残っているようだ。よしっ。茉里は、掛け声をかけて立ち上がった。部屋中に、掃除機をかける。ついでに、パジャマも洗濯した。洗い物もかたづける。食器棚に青いマグカップがあった。姉が高校の時から使っているものだ。

――お姉ちゃん、家を出て行くなら、これも持っていくのかな――

手にとると、マグカップはずしりと重く、小さなヒビが入っていた。

「もう、うんざり。わたし自由になりたい」

昨夜、姉ははっきりそう言った。息苦しいとも言った。そんなふうに悩んでいたなんて、知らなかった。全然、知らなかった。

窓の外を見る。雪は完全にやみ、かわりのように風が吹き始めた。風にのって、商店街からクリスマス・ソングが聞こえてくる。ふいに、たまらなく寂《さび》しくなった。きれいで、なんでもできて、母に誰より愛されていると思えた姉でさえ、苦しいという。愛されていることが重荷だという。重いものを振り払うように、姉は出て行き、自分は十三歳の誕生日を一人、すごしている。なんだか、寂しい。つらいや悲しいじゃなく、寂しい。茉里はひざをかかえ、ソファの上に座りこんだ。そのまま、うとうとと眠りこんだのだろうか。チャイムの音で目が覚めた時、部屋は、薄暗くなりかけていた。

玄関のドアを開けると、青いジャンパーに同色の毛糸帽をかぶったおばさんが、立っていた。

「こんにちは、花本《はなもと》ベーカリーです」

「あっ、こんにちは」

あわてて頭を下げる。商店街にある花本ベーカリーは、なじみの店だった。小さい頃から、この店のケーキや焼きたてのパンが好きだった。

「茉里ちゃん、久しぶり。これ、お母さんに頼まれてたんだけど取りにこられないって連絡あったから、お届けにあがりました」

ケーキの箱だった。

「お誕生日ケーキ。茉里ちゃんの好きなチョコレートにしといたから」

おばさんは箱を茉里に手渡すと、丸い顔いっぱいに、笑みを浮かべた。

「お誕生日、おめでとう」

「ありがとうございます」

もう一度頭を下げる。

リビングに戻り、ケーキの箱を開ける。おばさんのいったとおり丸いチョコレートケーキがあらわれた。『茉里、おたんじょうび、おめでとう』中央にクリームで、そう書かれていた。周りをイチゴやさくらんぼが囲んでいる。甘い匂いがした。

また、チャイムがなる。「こんにちは」真吾の声がした。真吾だけでなく、深雪と千博もいた。深雪が真吾をおしのけて前に出る。

「茉里ちゃん、風邪、だいじょうぶ」

「うん、もう治ったみたい。あっ、あがってよ」

「いいよ、いいよ。これ、渡しに来ただけだから」

深雪が、小さな包みをさしだす。

「わっ、もしかして、バースデー・プレゼント」

思わず声が弾んだ。

「うん、学校で渡せなかったから」

「あっ、おれも」

千博がやはり、包みを手渡す。真吾が、こほんと空セキをしてみせた。

「おれもあるんだ。どうせなら、三人で渡しに行こうってことになってさ。あっ、でも、おれのは最高よ」

真吾の手のひらには、小さな丸い鏡がのっていた。

「あっ、これ」

深雪が、小さく叫んだ。

「そう、おやじの店の魔よけ鏡。藤平の今月のラッキーカラーは青なんだってよ。ぴったしだろ」

深雪が、眉をよせる。

「なんだよ綾部、そんな難しい顔して……あっ、もしかして。綾部も」

「そうなんだ。だって、私、茉里ちゃんの鏡のことずっと気になってて、弁償しそびれたっていうか……やっと、気に入ったのが見つかったのに、なんで同じ物が二つ重なるのよ」

「三つだよ」

千博がぼそっと言う。

「ええっ」

真吾と深雪の声が重なった。

「しょうがないだろう。おふくろに聞いたら、女の子へのプレゼントなら鏡か指輪がいいって言うし、指輪ってわけにもいかないし」

茉里は、包みを丁寧にひろげた。深雪の鏡は、丸いコンパクト型の手鏡で深紅の袋がついていた。千博のは三角形の置き鏡で、銀色の支えがついている。

茉里は、三つの鏡を胸にだきしめた。

「ありがとう、すごい嬉しい」

本気で言った。本気で嬉しかった。深雪が、千博が、真吾が、それぞれに茉里のことを考えながら、選んでくれたプレゼントだ。

「けど、三つも鏡があってもなあ」

真吾が、口を尖らせる。

「相談すべきだったね」

深雪も珍しくため息をついた。

「ううん、そんなことない。嬉しい」

生まれてきたことを祝ってくれる人がいる。それが嬉しい。

「ねっケーキ、食べて帰って」

三つの鏡をかかえて、茉里は身をひるがえした。

紅茶をいれる。小皿にケーキをとりわける。真吾が一番にかぶりついた。鼻の下にチョコレートがべっとりとくっついた。深雪が吹き出す。

「真吾、すごい顔だよ」

あれ？　と茉里はケーキをつついていた手をとめた。「真吾」だって。深雪、いつのまにそんな呼び方するようになったんだろう。

深雪の呼び方には、べとついた感じはなかった。友達を呼ぶあっさりとした、でも深い親しみがある。

電話がなった。姉の声がした。

「お姉ちゃん！」

「なんか心配かけてごめんね。でも、わたし、やっぱり家を出ることに決めたの。あの、この電話はそんな用じゃなくてね、茉里」

「うん?」

「ハッピー・バースデー。十三歳、おめでとう」

「あっ覚えててくれたんだ」

「当たり前でしょ。プレゼントも買ってあるんだから。ほら、入学祝いにあげたの壊しちゃったんでしょ。同じのがあったからさ」

「えっ、プレゼントって、鏡?」

「そうよ。茉里? なに笑ってるの」

なんだかおかしくなる。楽しくておかしい。受話器を握りしめ、身体を震わせて、茉里は笑い続けた。

新しい春に

「千博、初詣《はつもう》でに、行かないか」

元日の朝、千博は父から声をかけられた。

そういえば去年は、初詣でに行ってない。私立中学の受験のため、大晦日《おおみそか》の夜も遅くまで勉強していて、人ごみの中、神社にお参りするような気分になれなかったのだ。少しいらついてもいた。

「神さまなんか、あてにしない」

なんて、生意気なことを言ったのを覚えている。今年は、素直に「いいよ」と返事をした。遠くではない。すぐ近くの神社まで歩いていくのだ。風は冷たいけれど、日差しは明るく、春の気配の先が見えるような日だった。

ダッフルコートにマフラーをまいて外に出ると、後ろで、ほぉと父の声がした。

「千博、おまえ、いつのまに、そんなにでかくなった。中学入学のときは、まだ、おれの方がずっと高かったぞ」

「成長期だもの。伸びるよ」

「そうか、そうだよな。十三歳なんて成長期の真《ま》っ只中《ただなか》なんだな」

父が、呟く。

「もうすぐ父さんに追いついて、追い越すよ。そのうち、上から見下ろさせてもらうから」

「くそっ。悔しいが、こっちはとっくに止まってるしな。勝負にならんな」

「少し母さんを見習ったら。母さん、まだ成長してるよ」

「ええ！　母さんが？　伸びてるのか？」

「横にね」

千博の言葉に、父が声を上げて笑った。

「千博、おまえ、なかなか言うようになったな」

千博は、黙って笑ってみせた。こんなにさらりと軽口をたたけるなんて、自分でも意外だった。

――真吾の影響だな――

そう思う。真吾だけでなく、深雪や茉里の影響もあるだろう。四人でいると、しゃべったり、冗談を言い合ったりすることが楽しいのだ。

話すこと、聞くこと、笑うこと、うなずくこと。そんな当たり前のことが、案外、楽しくて力になることを、千博は真吾たちのおかげで知ったような気がする。

「おまたせしました」

着物姿の母が出てくる。そういえば、母は年々肉がつき、貫禄がでてきた。紬《つむぎ》というのだろうか、濃い緑に白い細かな十字模様の散った着物姿は、女将《おかみ》さんと呼びたくなるような雰囲気だ。

「さっ、行くわよ」

ショールを肩にかけ、さっさと歩き出す。千博は父と並んで、ゆっくりと歩き始めた。風は思いの外冷たい。その冷たさが心地よかった。

「久しぶりだな」

横で、ぽつりと父が言った。独《ひと》り言《ごと》のようだった。

「え？」

「千博と並んで歩くのなんて、ずい分久しぶりだな」

「うん……」

千博は、父の横顔から目をそらした。そういえば、いつのまにか、いや、父が仕事に、千博が受験勉強に忙しくなった頃から、ゆっくり話をすることなどなくなっていたのだ。

父がタバコをくわえる。ライターをさがすためにコートのポケットに手をつっこんだとき、はずみでなにかが落ちた。父より早く、それを拾い上げる。

定期入れだった。黒い革製のどこにでもある定期入れだ。青葉の季節、夜の歩道橋の手すりから身を乗り出していた父を思い出す。あの時、父がずっと使っていたイタリア製の定期入れは手すりの向こうに落ちていった。千博は、ほんの数秒、父を見つめ、黙って返した。父は千博が目映《まばゆ》いかのように、目を細め、

「心配かけたな」

と、言った。低いかすれた声だった。

「おまえには、ちゃんと話しとかなくちゃと思ってたんだがな……、すまなかったな」

「謝るなよ」

大声が出そうになった。慌てて、息を呑み込む。先を行く母には聞こえなかったのか、確かな足取りで歩いていた。

謝るなよ。謝んなくちゃいけないようなこと、なにもしてないだろう。父さ

ん、そんなに弱々しく小さく見えるなよ。

タバコに火をつけ、煙を吐き出し、父はまた少し、目を細めた。

「千博、おれな……仕事、やめようと思うんだ」

「は？」

「いろいろあってな、今の会社で、やっていくのが難しくなってな」

「リストラ？」

「おいおい、中学生が簡単にそんな単語使うなよ。まっ、そんなとこだがな。父さん、大学出て仕事一筋だったろう、他の会社に行けと言われてショックでな……ずっと悩んでたんだが」

父の手の中で、タバコの白い煙がゆれる。

「やっと決心がついたよ。三月で、やめることにする。やめてな……」

「うん」

「釣具屋を開こうと思ってるんだ」

「ええっ」

今度は、ほんとうに大きな声が出た。母が振り返り、首を傾げる。なんでもないよと手を振ってから、千博は空を見上げてみた。

新春の空は青く、ハトらしい鳥の影がまっすぐに横切っていく。

最初の驚きが過ぎると、父の言葉がストンと胸におちてきた。

「いいんじゃない」

「そうか」

「なんか、背広姿より、釣りざおや魚拓《ぎょたく》に囲まれてた方が、父さんらしい気がするな」

父が、くっくっと軽い笑い声をたてた。

「母さんと同じこと言うな、おまえ」

「母さんに話したんだ」

「ああ。母さんも着物の着付けの講師として働かないかって話があったところだったってさ。いい機会だから、ばりばり働くってはりきってた。イヤミも言われたがな」

「イヤミ？」

「千博には、いい高校へ行け、いい大学へ行けって、二度と言わないってな」

父は、地方ではあるが有名な国立大学を出ていた。高校の同級生である母は、父を誇りにしていたのだ。

「お父さんの子だもの。勉強できて、当たり前よ」

よく、そう言われた。それが重いと感じた時期もあった。父も母も露骨に期待を押し付けてくるようなタイプではなかったけれど、できて当たり前という雰囲気が家の中にあることは、やはり苦しかった。

その父が、釣具屋のおやじになるという。さっき父に言った言葉は、嘘ではない。客に釣りざおの説明をしたり、餌《えさ》の講釈をしたり、魚に関係するものに囲まれて生きる父は、想像の中でも生き生きと楽しそうだった。楽しそうな父を想像すると、なぜか千博まで心が浮き立った。

しかし、母はどうなのだろう。母は、父をうけとめたのだろうか。一流会社の社員でも釣具屋のおやじでもかまわないと言ったのだろうか。母の紬の背は、まっすぐに伸びていた。

「今、生きてんだから」真吾に言われた言葉を思い出す。

あのやろう。さらりと、かっこいいこと、言いやがって……でも、そうだな真吾、おまえの言うとおりだ。今、生きてる。それしか、ないよな。

「おまえのおかげだよ」

「は？　なんか言った？」

「おまえが側にいてくれてよかったよ、千博。十三歳の伸び盛りのおまえを見てたらな、気持ちよくてな、うまく言えないが、パワー貰《もら》ったって言うか……。ほら、若木の中にいたら心身の快復が早くなるって説あるだろう。あんな感じかな」

千博は、答えなかった。少し照れていた。こんなふうに、父が正面から本気で語るなんて思ってもいなかった。照れてはいたが、嫌じゃなかった。

神社の石段の下で、母の足がとまる。

「まあ、茉里ちゃん」

「あっ、あけましておめでとうございます」

石段から下りてきた茉里が、にっこり笑って、千博に手を振った。

真っ白なセーターに同色のマフラーをしている。よく似合っていた。昔から、茉里は白がよく似合うのだ。千博の中で、どくんと血が動いた。このごろ、茉里は会う度《たび》に違って見える。子どもっぽかったり、大人びていたり、優しげだったり、寂しそうだったりする。会う度に千博の中で、茉里は気心の知れた幼なじみから未知の女性へと、徐々に、でも確実に変化していた。母が、あたりを見回して瞬きした。

「茉里ちゃん、一人なの?」

「はい。母さん、少し調子悪くて……藤平家代表で、お参りしてきてくれって頼まれちゃって」

母に軽く頭を下げると、茉里はもう一度、千博に笑いかけ足早に去っていった。

「女の子は、いいわねえ」

茉里の後ろ姿に、母がため息をつく。

「どんどんきれいになって。茉里ちゃんなんか、小花模様の小紋なんて着せたら、よく似合うわよ、きっと」

「女の子か……いいな。お父さんなんて甘えられたら、元気が出そうだな」

父がにんまりとする。その背を千博と母が同時にたたいた。

「父さん、さっきの若木パワーの話は、なんなんだよ。男の子で悪かったな」

「そうよ。もう、いやらしい顔しちゃって。でも、うん、茉里ちゃんをお弟子第一号に誘ってみよう」

母が石段をのぼり始める。

「母さん」

「なに?」

「今年は、だれのために願掛けするつもり?」

去年、母は、千博の合格祈願に十ヵ所以上の神社を回ったのだ。振り向き、母は着物の襟をすっとなでた。

「もちろん、自分のため。お賽銭《さいせん》、はりこむわよ」

母は笑い顔のまま、千博に背をむけた。まっすぐに石段を上がっていく。

千博は、父と並び、人のいきかう石段を一つ一つ、踏みしめてのぼった。かすかに甘い梅の香《か》がした。

ランナー

二月になって、天候は真冬に逆戻りしてしまった。暖かな日の多かった一月に比べ、身を縮めるような寒い日々が続いていた。今日も寒い。深雪は空を見上げた。暗く厚い雲が覆い、さっきから白い雪片がちらつき始めた。午後一時だというのに、足元の水溜りは凍ったままだ。

「もうすぐスタートだね」

隣で、茉里が言う。ものを言う度、息は白く口から立ち昇った。

深雪は、自分の指に息をはきかけた。小さい頃から、なぜか手袋が嫌いで、めったにはめない。

「寒くない？」

深雪の指先を見つめて茉里が、たずねてくる。

「あっちに比べればね、寒いなんて言ってられないって感じ」

目の前の、市役所前広場には、ロードレースに参加する選手たちが集まっていた。ほとんどが、ランニングスタイルだ。見ているだけで寒くなる。

毎年開かれる市主催のロードレースに、今年は、真吾を含めた陸上部の長距離ランナー数人が、参加していた。陸上部顧問の小泉先生が部員を集め、険しい顔でなにか伝えていた。その輪の中から、ふいに真吾が抜け出て、近づいてくる。

「友よ。応援感謝。あれっ、千博は？」

「塾の模擬試験。終わり次第かけつけるって」

茉里の言葉に、真吾は大仰《おおげさ》に肩をすくめてみせた。

「友情より模擬試験をとるなんて、おれは裏切られたわけだ」

「なに大仰なこと言ってるの。たかだか五キロのロードレースぐらいで。真吾の目標は、富士山でしょ」

「綾部、わざとボケてんのか？　箱根だよ、箱根」

深雪がくすっと笑った時、競技五分前のホイッスルが鳴った。真吾がつけていたリストバンドをとる。鮮やかな深紅だ。

「これ、持っててくんない」

「え？」

「おれの今週のラッキーカラーは赤なんだ。でも今、綾部の顔を見て思った。占いなんかに頼らない。実力で、トップゴールしてみせる」

「苅野、なにしてる」

小泉先生がどなる。片目をつぶり、真吾は、選手たちの中に戻っていった。

「まったく、頼らないんなら、初めから、してこなきゃいいのに」

深雪は、手の中の深紅のバンドを軽く握りこんだ。

「真吾くん、深雪に持っていてほしかったんだよ。そうしたら、勝てそうな気がしたんだよ。それに、リストバンドってこうすると、暖かいんだよ。ほら」

茉里は、深雪の手にリストバンドをはめた。深紅の布の上に雪が落ち、すぐに小さな水の一滴に変わった。

スタートを告げるピストルの音が響く。大きな塊《かたまり》になって、選手たちが走り出す。通り過ぎる時、真吾は手を上げ、Vサインをしてみせた。

「近道して、三キロ地点のコンビニ前に行ってみようか。千博くんもそこに来るって言ってたし」

茉里は深雪の背中を軽くたたいて、足早に歩き出した。真吾の走るのは、市役所をスタートし中学校にゴールする五キロのコースだった。

「茉里ちゃん」

白いコートの茉里の背中に呼びかける。茉里は振り向き、問うように目を見張った。

「私ね、真吾のこと、いいやつだと思うよ。けどさ……」

言葉が詰まる。何を言いたいのかよく、わからない。深雪はリストバンドを握り締めてみた。茉里が不意に、笑顔になった。

「それ、真吾くんのこと嫌ってないってことだよね。喜ぶよ、真吾くん」

「嫌いじゃないよ……」

真吾のことは嫌いじゃなかった。この数ヵ月、かなりの時間をいっしょにすごしてきた。真吾は思っていたほど、軽薄でも無責任でもなかった。いっしょにいて気持ちのいい人間だった。嫌いじゃない。でも、好きというのとも違う気がする。

『真吾くんのこと好きだった』

十月の図書室で、栗坂美希は、そう言って泣いた。それを愚《おろ》かだとは思わない。でも、人を好きになって泣くことが深雪には、よくわからなかった。人を好きになる。そこにまとわりついてくる色々な感情が、どちらかというと、うっとうしかった。

「私って、変なのかな?」

呟いたつもりだったけれど、茉里には聞こえたらしい。

「深雪、変てどういうこと？」

逆に問われて深雪は答えが返せなかった。茉里があのねと言った。

「あのね、なにが変なのかってわかんないよ。お姉ちゃん、一人暮らしするって家を出て行ったんだけど、今まであんまりまともすぎたから、今度からは、変になるんだって言うの」

「お姉さんが？」

「うん、ずっといい子やってきたから、もう嫌だって。まわりが、変だ、おかしい、ダメだって言うことは、絶対しなかった。自分がやりたくても我慢した。それが悔しいんだって言うの。わたしね、よくわかんないけど、変でもいいのかなって、そのとき思ったの……あっ急がなくちゃ」

茉里が歩き出す。深雪は、深紅のリストバンドに触れてみた。

コンビニの前、千博が立っていた。二人を見つけ微笑む。

「千博くん、どうだった、試験?」

「それが英語で、ランナーって単語が出てきたんだ。とたん、真吾の顔がちらついちゃって、どうも問題に集中できなかったな」

「なに、それ?」

深雪は、千博の顔を覗き込んでしまった。茉里が笑っている。

「あっ、来た」

後ろで、誰かが叫んだ。遠くに選手たちの姿が、現れたのだ。

「あっいるいる。真吾」

千博が、大きく手を振る。茉里がへぇと声を出した。

「なに、茉里ちゃん?」

「うん、千博くんがあんな大声出して、手を振るなんて嘘みたい」

「そういえば、興奮するタイプじゃないよね」

深雪が千博と出会ってからまだ一年にならない。その時間の間に、確かに、千博は変化したと思う。誰かに、何かに出会いながら変化していく。千博だけでなく、同じ年の自分にも確実に変わっていくところがあるのだろうか。

「しんごー」

千博の声が響く。

「苅野、いいぞ、手が振れてる」

いつの間に来たのか、小泉先生の大声がそこに重なる。真吾は、先頭集団の中にいた。汗が光り、頬が赤くそまっていた。しかし、表情の乱れはなく、坦々と走っている。

「ペースをあげろ」

小泉先生が口に手をあてて叫ぶ。真吾が前に出ようとした時、横の選手のひじがあたった。真吾がわずかによろめく。茉里があっと声をあげた。深雪は、一歩、前に出た。

「しんごー。がんばって」

真吾が集団から抜け出していく。素人《しろうと》の深雪の目にも、地を確かに蹴る足取りや安定したリズムがわかった。みるみる、真吾と集団の差が開いていく。深雪は、走る真吾の姿に鼓動が速くなったのを感じた。あんな風に走る人間を初めて見たと思った。今まで知らなかった真吾を見つけたような気がした。

「あまるほど才能はあるんだがなぁ。足らないのがおしい」

小泉先生が、腕を組んで唸る。

「なにが、足らないんですか」

千博と茉里が、同時にたずねた。

「真面目さ」

短い答えが、返ってきた。

小泉先生は、中学校まで車にのせてくれた。かなりの人が集まっていた。校庭の真ん中でゴールとかかれた旗が、風にはためいている。

「苅野は、いいんだ。走るための天性の力を持ってるんだ。生まれながらのランナーだと思うんだがなぁ」

小泉先生がため息をついた。

やがて、真吾の姿が校門の前に見えた。思っていたより、ずっと早い。

「うん、いいタイムだ。記録もんだ」

小泉先生がにやりと笑う。

「しんごー、ぶっちぎりだぞ」

千博が叫ぶ。その時、真吾の身体がぐらりと揺れた。ざわめきが起こる。真吾の表情がゆがんでいた。さっきのゆとりは、どこにもない。顔をしかめ、肩で息をしている。また、身体がぐらりと揺れた。思わず大きな声を出していた。

「真吾、がんばって」

校庭に集まった人々からも声援がとんだ。拍手も聞こえる。その視線と声援の中、真吾は走りきり、深雪たちの目の前で、ゴールテープを切った。ひときわ大きな拍手が起こる。

小泉先生が、大の字に倒れている真吾に近寄り、ランニング・シャツを持って引っ張り起こした。

「荊野、いいかげんにしろ。なに、かっこつけてんだ」

「あれ、見破られちゃった」

「おれが何年、陸上部顧問をしてると思ってんだ。おまえが五キロの走りで、へばるタマか。まったく下手な芝居して。こい、ストレッチだ」

小泉先生に引っ張られながら、真吾は深雪たちに向けて、指二本をつき出した。千博が苦笑する。

「まったく、余裕だな、あいつ。ほんとに、ふざけるのが好きなんだ」

「ちがうよ」

深雪の言葉に千博は、えっと声を出し、深雪の顔を見詰めた。

「真吾、ふざけてなんかいないよ」

そう思う。真吾は、決して楽に走ったわけじゃない。誰より真剣に必死に走ったはずだ。ふざけていて、あんな力強い走りができるはずがない。真吾は、自分の真剣さや真面目さを他人にさらすのがいやなのだ。自分の中にあるものを素直に見せられないのだ。わかる気がする。自分もそうだと思う。好きとか嫌いといった感情とはたぶん別の、しかし、強く鮮やかな思いをかみしめる。

深雪は、吹き付ける風に向かって顔をあげ深く息を吸った。

風の向こうがわ

「さっ、はがすぞ」

真吾が、壁に貼った年表に手を伸ばす。一年三組の教室。茉里、深雪、千博、真吾の四人で作った年表は、去年の十二月から約三ヵ月間、後ろの壁に貼り出されていた。作り直したものだった。最初のものは、文化祭の展示物にするつもりだったが、文化祭前日破り捨てられたのだ。

「おれたちのために、前よりすげえの作ろうぜ」

そう言ったのは、真吾だった。四人は、そのつもりで、前より丁寧に二メートル近い長さの年表を作った。完成した時、担任の生田先生に終業式の日まで、教室に貼り出してくれないかと頼まれた。

「りっぱな製作物だ。教室に飾りたいんだ。それに……年表を破いたやつもな、後悔して苦しんでると思うしなぁ。こんなにすごいのが出来上がったとわかったら、少しはほっとするんじゃないかと思ってな」

生田先生は四人に頼むと、頭を下げた。

そして三月。終業式は三日後にせまっていた。明日は、大掃除だ。クラスメートの帰った教室に、四人は残り、年表をはずすことにした。

年表の上を留めていた押しピンに、真吾が手を伸ばした時、茉里があれっ？と声を上げた。

「真吾くん、手が届くんだ」

「は？　なんのことだよ」

「押しピン。年表貼るときは届かなくて、イスの上にのったじゃない」

「あっ、そういえば。うん、このごろのおれって、めきめき成長してるって感じだもんな。特に足が伸びたかもな」

「頭の方の成長は？」

深雪が、真面目な顔で言った。

「綾部、おふくろみたいなこと言うなよ。おまえ、きついぞ」

「押しピンもきついな。力いっぱい押し込んである。真吾、無理すると破れるぞ」

千博が、指に息をふきかけた。

「ピン抜きの道具、先生から借りてこようか」

茉里が踏み台にしていたイスからおり、教室を出ようとした時、小柄な人影が教室の入口に現れた。

「栗坂さん」

栗坂美希だった。美希は、手の中の銀色の道具を茉里に差し出した。

「ピン抜き……あっ、栗坂さん、借りてきてくれたんだ」

「うん」

うつむいている美希の顔は、白く血の気がなかった。年表を破ったのは、美希だった。そのことを美希は、生田先生に告げたのだろうか。

深雪は美希から視線をそらし、短く言ってみた。

「手伝ったら」

美希の頬が、わずかに赤くなる。

「あの……あたし」

「せっかく借りてきてくれたんでしょ。ついでに手伝って帰ったら」

茉里がふっと口元を緩《ゆる》めた。

「あっ、そうだ、栗坂さん手伝ってくれる?」

美希は少し考え、ゆっくりかぶりを振った。

「これからピアノのレッスンがあるし……」

それだけ言うと、不意に背を向け、走っていってしまった。

「栗坂か……そういえば、四組の石倉が、栗坂に告ったってうわさだよな」

真吾が、にやっと笑った。

「へぇ、石倉くんは誰かと違って真面目タイプだから、本気だな」

深雪がくすっと笑う。真吾が唇を尖らせた。

「誰かって、誰だよ」

「才能はあるんだがなぁ。もう少し、真面目だったらなぁ」

千博が、陸上部顧問の小泉先生の物真似をする。

そっくりだった。茉里が声を出して笑う。

「茉里って、このごろよく笑うよな。昔から、そんなに笑ってたっけ」

千博がメガネを押し上げて、茉里を見詰めていた。

「わたしだけじゃないよ。深雪だって千博くんだって、けっこう笑ってるよ」

「あたしも?」

深雪と茉里の目が合う。茉里がゆっくりと深く、うなずいた。深雪は、半分、はずれかけた年表を軽くなでてみた。

一年間、嫌なことも苦しいことも泣きたくなることもいっぱいあった。今でもある。でも、たくさん笑えたんだ。そう思った。

茉里が、深雪の側にきてふっと息をはき、しゃべり始めた。

昨夜、家を出ていた姉の春奈が、久しぶりに帰ってきた。春物の洋服をとりに来ただけだという姉は、それでも一晩泊まり、母の台所仕事を手伝った。その姉が、夕食の後、風呂上がりの茉里をしげしげと見つめ言ったのだ。

「茉里、このごろきれいになったね」

部屋で鏡を覗いてみた。なにも変わってなかった。一重の目も丸い鼻もそばかすもなにも変わっていなかった。でも、嫌じゃなかった。鏡の中の顔が、嫌いじゃない。美しいとは思わないけれど、なぜか愛《いと》しかった。鏡に向かって微笑んでみる。いい笑顔だな。自分でそう感じた。

そんなことを茉里は、ぽつぽつと深雪に語った。

「あはっ、自分で自分のことほめるのって、おかしいよね。ちょっと照れる」

深雪は、頭を振った。

「そんなことないよ、茉里ちゃん、ほんとに、かわいくなったもの」

茉里は、制服の胸ポケットを軽く押さえてみせた。

「鏡が、いっぱいあるおかげかな」

窓から風がふきこんでくる。深雪は、風に揺れる茉里の髪の先を見詰めていた。視線を感じた。横を向くと、真吾と視線が合った。二、三度瞬《まばた》きをして、真吾が先に目をそらす。黙って横を向いている真吾は、いつもより大人っぽく見えた。

「よし、はずれた」

千博が、両手に捧《ささ》げるようにして、年表を机の上に置く。

「こうやって見ると、ほんと、なかなかの出来だよな」

真吾が、そっと年表をなでる。

「あれっ、ここ?」

深雪は平安時代のあたり、十二単のイラストの下を指差した。

薄い鉛筆でなにか書いてある。

「えーと、なになに、『この絵、ステキ』だって」

「こっちにも書いてあるぞ」

真吾が、年表に顔を近づける。書き込みは、年表のあちらこちらにあった。

『さらば、一年三組』『すてきな年表でした。あたしの似顔絵、嬉しかったよ』

『おれも、いっしょにやりたかったす(T^T)』『やり直し、ごくろうさん。四人の意外な組み合わせにはびっくり』『おれが歴史を作る!』。深雪が、千博の肩をたたいた。

「千博くん、ここに注目だよ。『わたし、千博くんのこと好きでした』だって。誰、これ?」

「なになに、へぇ千博、もてるんだ。心当たりあるか?」

「あっ、あるわけないだろう。冗談に決まってるよ。それより、茉里、ここ」

千博が指差したのは、年表の一番はし、2010の数字の下だった。他のものよりさらに薄く、短いメッセージが書かれていた。茉里の指がその三文字の上をゆっくりとなでていく。

ごめん

四人ともしばらく、なにも言わなかった。

「栗坂さん、どんな気持ちでこの年表、見てたんだろうね」

ぽつんと、茉里が言葉にする。深雪は、茉里の指先に視線を落とした。そう、栗坂美希は、どんな気持ちですごしていたのだろう。

深雪には、わからなかった。わからないことばかりだった。美希の気持ちも、千博のことを好きな誰かの想いも、自分の未来も、なに一つ、はっきりとしない。

たかが子どもと、ときに大人は笑うけれど、たかがじゃない。みんな、大人が笑うような、笑っておしまいにしてしまうようなことに、傷つき、考えあぐね、悩んでいる。わかっているのは、そのことだけだった。深雪の胸の奥が不意に、温かくなる。些細《ささい》なことに傷ついたり、悩んだり、謝ったりしている自分たちがいいなと感じた。美希の『ごめん』の三文字が、クラスメートのメッセージが、そしてなにより、目の前にいる茉里や千博や真吾が、四人ですごしてきた時間が、いいな、すてきだなと思う。深雪は、首を伸ばし教室を見回してみた。

「クラスのメッセージ入り、年表か。なかなかイケテルじゃん」

そう言いながら真吾は、片目をつぶり、はさみをとりだした。

「さっ、いよいよ、やりますぞ。みなさま、お覚悟は、よろしいな」

「真吾が江戸時代もらうんなら、おれは、一番最初の縄文のあたりにしようかな」

と、千博。

「あたし、平安時代。山城の写真のあたりもほしいしな。茉里ちゃんは?」

「わたし……うん、二〇一〇年のあたりをもらっていい?」

「『ごめん』付きだな」

千博が微笑む。真吾は表情をひきしめ、ゆっくりと年表を四等分していった。

風が入ってくる。柔らかな春の風だった。机においた茉里の手の甲に、ふわりと白い花びらが落ちた。深雪が、それをつまみあげる。

「さくら?」

もうすぐ花の盛りの季節になる。茉里に初めて声をかけた若葉の時期は、その後だ。

年表は二〇一〇年までしか書けなかった。でも、この先、ずっと先までをわたしたちは、生きていく。どんな人に声をかけられ、どんなものに出会うだろう。

「なっ、春休み、どっか遊びにいこうぜ」

はさみを置いて、真吾が言った。

「賛成」

三人の声が重なる。風が吹く。ほのかな花の香りがした。

解説——若葉香る、風に吹かれて

辻村《つじむら》 深月《みづき》
（作家）

楽しい時間は風だ。瞬く間に通り過ぎていく。

本書を読み終え、今まず胸によぎるのは、深雪《みゆき》のこの言葉である。

十三歳、中学一年生。

母親と離婚し、今は別れて住む父親と定期的に会う喫茶店に向かう途中の道で、深雪は友達のことを思う。楽しく充実した時間を仲間たちとともに持つことができたことを幸せな体験だと回想しながらも、それが過ぎゆき終わる予感を、彼女は周囲より大人であるがゆえに、人より敏感に気づいてしまう。

十三歳は微妙な年齢だ。

「幼い」というほど子供ではなく、「若い」というほど大人っぽくもない。造語にもある「中二病」の「中二」は主に「十四歳」を差すし、高校受験があって将来の進路を考え始める「十五歳」とも違う。その意味で、物語の中の「十三歳」が注目されることはそう多くない。

しかし、明らかに小学校時代とは違う自我が芽生える、言うならば、若葉の頃のような瑞々《みずみず》しい年頃は、受験も修学旅行もなくても、やはり特別な年齢だ。明確なイベントがなくても、毎日が揺らぎと事件に満ちている。この「十三歳」を、児童小説の名手で知られるあさのあつこさんがタイトルに冠して描《えが》いたということからまず、『13歳のシーズン』という作品を、私はとてもいとおしく感じる。

主人公は、茉里《まり》、深雪、真吾《しんご》、千博《ちひろ》の四人。

物語は、四人それぞれの一人称の章から幕を開ける。

美しい姉からもらったパンダの鏡を複雑な気持ちで覗きこむ茉里。姉にくらべて自分はだめだ、と思いながら、自分に告白してきた男子のことを考えている。

その茉里の鏡を壊してしまったことを気にして、かわりの鏡を小物ショップに探しに来た深雪は、周囲の女の子らしさに面食らっている。見た目も心も周囲より大人びて見える自分のことを持て余すように。

そんな深雪に「最低人間」と言われた真吾は、彼女のことが気になってたまらない。明るく直情型の彼は、走ることが好きだ。ある日、ランニングの途中で、同じクラスの千博が歩道橋に身を乗り出している姿を見かける。

その千博は、私立中学の受験に失敗したばかり。真吾に会ったのは、数日前にこの歩道橋の前で佇《たたず》む父の姿を見て、嫌な予感がしたから。その時には、幼なじみでクラスメートの茉里が、彼の背後から心配そうに声をかけてくれた。

家庭環境も性格も違うこの四人は、そして、ここから引かれあっていく。夏休みの宿題で発表する年表作りを通じて、少しずつ、自分の話をして、相手の話を聞き、互いを「仲間」だと認めるようになっていく。三月までの一年間を同じ教室で過ごす。

中学生たちの辿々《たどたど》しい距離の詰め方は、呼び名にも現れている。最初は名字で呼んでいたものが、名前になり、そこから「ちゃん」や「くん」が取れて、呼び捨てになり、身構えたり、咄嗟《とっさ》に呼んでしまったものから、呼吸をするように簡単に互いの存在を呼び合えるようになる。かつて十三歳だった自分の不器用な姿がそこに重なる。

仲良くなった相手ともっとずっと話していたい、相手もそう思ってくれているだろうか、と思った放課後の、あの弾むような気持ちと空気がよみがえる。笑顔の描写もだんだん増えていく。章タイトルにもある「ささやかな笑顔」という言葉が、私は好きだ。その控えめな表情に、だんだんと四人分の笑い声が溶け込み、やがては、本の向こうから全員の晴れやかな笑顔が見えるようになってくる。

物語の最後、年表を完成した四人に向けられた書き込みを見て、胸がぎゅっとなった。

『四人の意外な組み合わせにはびっくり』

仲良くなる、というのは、こういうことだ。たとえ、他の人から見て「意外」な組み合わせだったとしても、そう指摘されることそれ自体が嬉しいような、くすぐったいような。自分たちにだけわかり合える時間を生きているということの、はじけるような嬉しさが、この一文から伝わってくる。


この小説は、進研ゼミ『中学講座』で連載されたものだ。担当の方に聞いたところ、多くのゼミ生が毎号続きを楽しみに待ち望んだ大人気シリーズだったのだという。おたよりコーナーには、四人の似顔絵も多く投稿され、登場人物それぞれの気持ちに「まるで自分のことのよう」と共感する同年代の子たちが多くいた。

『13歳のシーズン』は、その意味で、主人公四人の気持ちを読むと同時に、その向こうに、この作品に夢中になった多くの十三歳たちの気持ちを見ることができるという、そんな作品なのだと思う。

まるで自分の友達のように、時に自分そのものであるかのようにこの四人を見守ってきた子たちがいる、ということを考えると、私はその十三歳たちのことが、まるで自分の後輩か何かのようにいとおしい。

彼らの中で、茉里や深雪、真吾や千博は、同じ一年間をともにすごした「仲間」であり、その時間はきっと、「十三歳」に留まらず、その後の十四歳にも、十五歳にも続いていったろう。

この小説には、そうした、四人の「これから」に向かう予感が満ちている。

それはたとえば、物語の最初、真吾が「高校受験なんて何年も先の話だ。先のことなど、わからない」と思っていることが、現実の選択として彼に捉《とら》え直される日が来るという予感。

あるいは、物語の終盤で父親から「若木のパワー」の話を聞いた千博が、その心身を悩みながらも存分に伸ばしていくような予感。

完璧に見えていた姉が初めて母と衝突《しょうとつ》した年代に、茉里もいずれ、なっていく。「さようなら、父さん。またね、父さん」と、父に別れを告げた深雪は、また一つ大人になる。

四人の刻む十三歳の歴史は濃密にそこにある。

深雪の言葉の通り、「楽しい時間は風」だ。

いつかは過ぎ、そして、絶対に戻ってはこない。そして、多くの場合、風が吹いている間、私たちがそれに自覚的である場合は少ない。充実した時間は、終わってしまって初めてそうと気づいて懐かしんだり、惜しむものであって、だからこそ、十代に代表される青春時代は、輝いた尊《とうと》い時として多くの人の記憶に残る。

『13歳のシーズン』は、あさのさんが、その風のように過ぎる十三歳という時間をとらえた、奇跡のような作品だ。とらえどころのない風の尻尾をつかんで、まるでそのままの形で宝箱に封じ込めたような。だから私たち読者は、この本を開いたと同時に、あの時の風に再び吹かれることができる。大人の回顧ではなく、まさにその時を生きる子たちに流れる時間として。

十三歳の頃、リアルタイムでこの小説を読んでいた、という子たちにもぜひ再び読んでほしい。実を言えば、そんな希有《けう》な体験ができるという子に、私は少し嫉妬《しっと》も感じる。同年代で彼らと出会った子の果たす再会は、どれほど嬉しく懐かしいものになるだろうか。

『13歳のシーズン』は、すべての「十三歳」と、そして十三歳だったあなたのための、かけがえのない一冊だ。

〈初出〉
『13歳のシーズン』は、進研ゼミ『中一講座』
（二〇〇一／二〇〇七／二〇〇八／二〇〇九年度）
に掲載されたものです。
「ささやかな笑顔」　書下ろし
「クリスマス・ソング」　書下ろし
二〇一〇年十月　光文社ＢＯＯＫ　ＷＩＴＨ　ＹＯＵ刊

光文社文庫

13歳《さい》のシーズン

著　者　あさのあつこ

2014年3月20日　初版1刷発行
2019年7月10日　2刷発行

発行者　鈴木広和
印　刷　新藤慶昌堂
製　本　ナショナル製本

発行所　株式会社　光文社
〒112-8011　東京都文京区音羽1-16-6
電話（03）5395-8149　編集部
8116　書籍販売部
8125　業務部

落丁本・乱丁本は業務部にご連絡くだされば、お取替えいたします。
ISBN978-4-334-76705-1　Printed in Japan

組版　萩原印刷